大家史说

诗人生活

朴 人／著

紫禁城出版社

图书在版编目（CIP）数据

诗人生活 / 朴人著. — 2 版. — 北京：紫禁城出版社,
2010.4
ISBN 978-7-80047-988-5

Ⅰ. ①诗… Ⅱ. ①朴… Ⅲ. ①传记文学-作品集-中国-当代 Ⅳ. ①I25

中国版本图书馆 CIP 数据核字（2010）第 061053 号

诗人生活

作　　者：朴　人

责任编辑：陈晓东

特约编辑：梁炎鑫

封扉设计：赵　谦

出版发行：紫禁城出版社

地址：北京市东城区景山前街 4 号　邮编：100009

电话：010-85007816　010-85007808　传真：010-65129479

邮箱：gugongwenhua@yahoo.cn

制　　版：保定市万方数据处理有限公司

印　　刷：保定市中画美凯印刷有限公司

规　　格：1/16　787×1092mm

14.125 印张　180 千字

版　　次：2010 年 4 月第 2 版

2010 年 4 月第 1 次印刷

印　　数：1-3,000 册

书　　号：ISBN 978-7-80047-988-5

定　　价：28.00 元

卷首语

我们读过历代名诗人的传记，欣赏了他们的不朽佳作，以及论评这些佳作的诗话、诗评或文学史，但纯粹从他们生活角度，生老病死，饮食男女，思想感情，为人态度，以他们的作品或各种记载为素材，钩稽抉剔，以事为经，以人为纬，汇为叙说，在传记文学上开辟新的蹊径，研究文史的人，却尚绰有努力余地。这是了解诗人，了解他们作品所值得注意的方面之一。

本书拟在这一方面，有所尝试，仍仿前写《帝王生活》体例，故事必须以真实可信为第一义。诗人作品本身，往往能提供不少确凿可征的论据，其中固多直率而少讳饰者，但因作家个性，或外在环境的限制，也有不少诗篇，正像别人为他们所写的传记那样，有渲染夸张，有隐晦歪曲。至于稗官笔记，文人好奇，有时不免摭拾传言，落笔无稽，为了求真，不能不广征博引，细心比较参核，希望能探索到事实真相。

历代名诗人之多，屈指难数，这里不过用选样方式，拣择一些富有人情趣味的故事为谈说范围，所以不是文学史，且所述诗人，仅触及其部分行谊，生活的片段鳞爪，所以也不同于叙说生平的完整传记。无以名之，名之曰“诗人生活”。

本书之成，得到朋友们给我这样多的惠爱和热情，甚为感谢。

笔者自知谫陋，幸读者有以教之，匡谬补失，一言一字之锡，皆吾师也。

朴人

1971 年 2 月

目　录

曹植·甄后·宓妃

姿貌短小不修边幅

刘彦和《文心雕龙》云:"魏武(曹操)以相王之尊,雅爱诗章;文帝(曹丕)以副君之重,妙善辞赋;陈思(曹植)以公子之豪,下笔琳琅。并体茂英逸,故俊才云蒸。"

曹操不仅在汉末以政治及军事谋略,著名史籍,而文学建树,尤为杰出。《魏书》说他"御军三十余年,手不舍书。昼则讲武策,夜则读经传,登高必赋,及造新诗,被之管弦,皆成乐章"。

曹氏父子,领袖建安文坛,一时称盛。梁容若教授云:"建安诗篇,流传到现在的,约三百首。曹植最多,逾八十首,曹丕次之,凡四十余首,操与王粲,均存二十余首。"曹植除诗之外,他的赋也脍炙人口,千八百余年以来,至今为读者所称道。

本篇拟以曹植故事为谈说中心,在没有涉及正文之前,请先一言曹操的形貌,这虽是题外之文,却可匡正流俗的一个错误印象。

曹操为一般人最熟悉的历史人物,陈寿《三国志》没有描写他的形貌如何，大家今日对他仪表的印象，大都得之于皮黄诸剧。

戏中以净角饰曹操，抹着一脸白粉，长须广颡，肩阔，体高，状甚魁梧。这不是曹操的真面目。

我国晚清以来的戏剧，不重写实，不求形似，脸谱色彩，有时象征人物个性，与剧中人的原来形貌，绝不相干。

剧中服装，不论演哪一朝代的戏，大都用明代衣冠，戏中的曹操，戴长翅乌帽，蟒袍玉带，粉底皂靴，这完全不是汉代服饰，更非曹操的装束。

陈寿《吴主传》，建安十八年（213 年），策命操为魏公。策文曰："锡君衮冕之服，赤舄副焉。"十九年授"赤绂，远游冠"。二十一年（216 年）晋爵为魏王，"天子命，王冕十有二旒"。衮冕赤舄，任何一出皮黄戏中的曹操，都未用过。然而这是大典用的礼服，平常是不穿戴的。

《魏书》云："汉末王公多委王服，以幅巾为雅，是以袁绍、崔豹之徒，虽为将帅，皆著缣巾。魏太祖（操）以天下凶荒，资财乏匮，拟古皮弁，裁缣巾以为帢，合于简易。"

裴松之注《魏志》，引《魏书》云："太祖为人，佻易无威重……被服轻绡，身自佩小革囊，以盛手巾细物，时或冠帢帽以见宾客"。"帢"是没有四角的便帽。凡此家常服饰，亦非戏中可见。

戏中的曹操，雄伟其貌，最足造成错误印象，实则他不但不魁梧，而既小且矮。《魏氏春秋》曰："武王（操）姿貌短小，而神明英发。"他是短小精干的体型。上引《魏书》说他"无威重"，且云"每与人谈论，戏弄言诵，尽无所隐。及欢悦大笑，至以头没杯案中，肴膳皆玷污巾帻，其轻易如此"。他是不修边幅的人。

曹操亦自知相貌不扬，形不惊人，接见外国使节，不敢亲自出面，请人冒充，相传有所谓“捉刀床头”的故事。

《世说新语》曰：“魏武（操）将见匈奴使，自以形陋，不足雄远国，使崔季珪代，帝自捉刀立床头。”刘孝标注引《魏志》曰：“崔琰字季珪……声姿高扬，眉目疏朗，须长四尺，甚有威重。”

曹植作品的英译

曹操二子，曹植（子建）和他的哥哥曹丕（子桓），天资文藻，真所谓伯仲之间，也许因为曹植的作品流传为多，而最受读者喜爱。

澳洲人邓安佑（Hngh Alexander Dunn）近出版《曹子建诗选英译》，英文书名为《Tsao Chih，The Life of a Princely Chinese Poot》(《曹植——中国一位王子诗人的一生》)。以传记体裁，将子建的诗、赋、文，按故事的发展，串插其间。邓先生初于英国牛津大学研习中国文学，后以十余年的时间，致力于曹子建作品的英译。汉学研究现在虽成欧美学术界的风尚，用力之勤，造诣精湛，收积丰富，能如邓先生者，实不多见，值得我们钦敬。

邓先生的译文，虽非字比句次，株守原文，但亦不是过于自由的意译，不仅表达原义，而且用最恰当的英文，不悖原作的词藻，所谓信达雅，邓先生的译笔，庶几做到。可惜原文的韵，在译文里是放弃了。

下面将邓译《洛神赋》描写宓妃容颜姿态的一段，引录于下。译文是分行排列的，为省篇幅，这里不再分行，但保留每行首一字第一字母的大楷，以便识别，后附中文原文，读者可对照欣赏。

She seemed—To flutter like a swan alarmed—lithe as a wandering dragon，bright as an autuma chrysanthemum，fair as a pine in spring. She looked like the moon half-hidden in light clouds—As if breeze-borne—like snow whirled in the streaming wind. Far off I beheld her bright as the sun in morning mists, Nearer I saw her —like a lotus glowing on green waves. Perfect in figure, perfect in height, Finely formed shoulders, waist as if silk-bound, A graceful neck, a lovely neck, its fair skin showing—Cosmetics were needless and powder unused! Cloudy hair set high—brows that met in long curves—Red lips most vivid, white teeth ashine, Bright eyes gleaming, cheeks so shapely—Gaily beautiful, exquisite, sedate, Calm in her movements, unhurried in person, Mild-natured, gentle-mannered, charming in speech, Excelling all in this empty world—a picture to see. Her clothes were filmy and of splendid hues; Delicate jade adorned her ears, And gold and kingfisher pins her hair. Her drees was all embroidered with pearls, And on her feet were "far • wandering" shoes. Trailing her light skirt of misty silk, She surpassed the fragrant beauty of dark orchids, As she wandered on the hillside. Then, quickly, happily, she roamed at her pleasure, Leaning on rainbows and shaded by flowers. Baring white wrists on that fairy shore, She plucked mystic plants at the torrent's edge.

《洛神赋》原文云:

其形也，翩若惊鸿，婉若游龙，荣曜秋菊，华茂春松。仿佛兮若轻云之蔽月，飘飖兮若流风之回雪。远而望之，皎若太阳升朝霞；迫而察之，灼若芙蕖出绿波。秾纤得衷，修短合度，肩若削成，腰如约素，延颈秀项，皓质呈露，芳泽无加，铅华弗御，云髻峨峨，修眉联娟，丹唇外朗，皓齿内鲜，明眸善睐，靥辅承权。环姿艳逸，仪静体闲，柔情绰态，媚于语言，奇服旷世，骨像应图。披罗衣之璀粲兮，珥碧瑶之华琚，戴金翠之首饰，缀明珠以耀躯，践远游之文履，曳雾绡之轻裾。微幽兰之芳蔼兮，步踟蹰于山隅，纵体以遨以嬉，左倚采旄，右荫桂旗，攘皓腕于神浒兮，采湍濑之玄芝。

甄后为曹丕妻始末

邓先生之书，既取传记体裁，故在《洛神赋》之前，详说子建感念甄后，托之宓妃而作此赋的故事，谓作者借洛神以抒感甄之意。其说由来甚久，今日平剧《洛神》一剧，即演甄后与子建故事。邓书云："这是一个美丽的浪漫故事，对此怀疑实是遗憾的事。"但历来不少史家，根据很多理由，疑此说为无稽的传会。

按陈寿《三国志》，甄后中山无极人，父逸，后三岁失父，建安中，袁绍为中子熙纳之，熙出为幽州，后留邺侍姑。建安九年（204 年）曹操军破邺城，纳后为曹丕妻。

是时丕年十八，甄氏年二十三，而植年十三岁。

裴松之注《魏志》，引《魏略》，言丕纳妻之经过，曰："熙出在幽州，后留侍姑。及邺城破，绍妻及后共坐室堂上。文帝（丕）入绍舍，见绍妻及后。后怖，以头伏姑膝上，绍妻两手自缚。文帝谓曰：刘夫人云何如此？命新妇举头，姑乃捧后令仰。文帝就视，见其颜色非凡，称叹之。太祖（操）闻其意，遂为迎娶"。

《三国志》又云：后初有宠，生明帝（叡）及东乡公主。

曹丕于汉献帝延康元年（220 年）称帝，改元黄初。郭后及阴贵人并爱幸，甄后失宠，有怨言，帝大怒，于黄初二年（221 年）六月，遣使赐死，葬于邺，时年四十岁。朱绪曾作《曹子建年谱》，曰“女长于男，故其后色衰爱弛，为郭氏所谗耳”。

甄氏初称夫人，后其子明帝接位，追谥为文昭皇后，史称甄后。

明帝嗣立之后，为了他的生母甄后，宫中还发生过对郭后的复仇斗争。《三国志·郭后传》裴注引《汉晋春秋》云：“初，甄后之诛，由郭后之宠。及殡，令披发覆面，以糠塞口。遂立郭后，使养明帝。帝知之，心常怀忿，数泣问甄后死状。郭后曰：先帝自杀，何以责问我？且汝为人子，可追雠死父，为前母枉杀后母耶？明帝怒，遂逼杀之。敕殡者使如甄后故事。”

感甄说的来源

上面把甄后一生始末，略作交代，接着拟谈《洛神赋》之为感甄及非感甄两种不同的说法。

《昭明文选》录《洛神赋》“怨盛年之莫当，泪留襟之浪浪”两句，李善注云：“盛年谓少壮之时，不能当君王之意，此言微感甄后之情。”

李善《文选注》，表上于唐高宗显庆三年（658 年）九月，成书可能更早，也许这是见于著录最早的感甄之说。于是宋王铚《默记》引前人笔记谓：“陈思王（植)《洛神赋》乃思甄后所作也。”

感甄之说大约唐代已流传，诗人吟咏，每有涉及。元微之《代曲江老人百韵诗》，有句云：“班女恩移赵，思王赋感甄。辉光随顾步，生死属摇唇”。

李义山《涉洛川诗》云：“通谷杨林不见人，我来遗憾古时春。宓妃漫结无穷恨，不为君王杀灌均。”(注曰：灌均，陈王之典签，谮王于文帝者。)

又，义山《代魏宫私赠》诗，题下注云："黄初三年（222年）"。诗云："来时西馆阻佳期，去后漳江隔梦思。知有宓妃无限意，春松秋菊可同时。"

南宋尤袤刻《昭明文选》，于此赋之前，附有小记，未言此记何人所撰，亦未说明来源，记曰：

> 魏东阿王（植）汉末求甄逸女，既不遂，太祖（操）回，与五官中郎将（丕），植殊不平，昼思夜想，废寝与食。
>
> 黄初中入朝，帝（丕）示植甄后玉镂金带枕，植见之，不觉泣下。时已为郭后谗死，帝意亦寻悟，因令太子留宴饮，仍以枕赉植。
>
> 植还，度轘辕，少许时，将息洛水上，思甄后。忽见女来，自云：我本托心君王，其心不遂。此枕是我在家时从嫁前与五官中郎将，今与君王。遂用荐枕席，欢情交集，岂常辞所具？我为郭后以糠塞口，今披发，羞将此形貌重睹君王尔。言讫，遂不复见所在。
>
> 遣人遗珠于王，王答以玉珮，悲喜不能自胜，遂作《感甄赋》。后明帝见之，改为《洛神赋》。

此一小记，也许是感甄说者最重要的资料，然所言非实。前人已驳其虚诞，综合起来，可作下列几点说明：

子建少于甄后十岁，所谓求甄逸女，没有言明求之于曹操破邺之前，还是破邺之时。如果求之于前，考袁熙于建安四年（199年）出牧幽州，那时甄已十八岁，也就是袁绍取幽州之年，这一年也许即纳为袁熙之妻，子建如求之于甄未嫁前一二年，他不过六七岁的童稚。甄氏中山无极人，山川阻隔，子建亦无由求之，也许从未见面，从时空两个因素推敲，破邺前求甄逸女，绝不可能。

如说求之于破邺之时，是时甄年二十三，子建仅十三岁。甄为兄丕取去之先，子建或亦尝见之，近人邓永康作《子建年谱新编》云："以十三舞勺之童，乃昼夜思维，系情于十年以长之少妇，似属不近情理，即令髫年早熟，攀慕少艾，容或有之，而年岁相悬，又岂有求之为妇之理，其为诞妄，不辩自明。"

决不敢以感甄作赋

曹丕称帝之后，黄初间与诸弟猜忌甚深，四年（223年），植与白马王彪、任城王彰，同朝京师，任城王在京暴毙，植归藩，欲与白马王同路东行，丕禁制之，不准两人同宿止。植有《赠白马王彪》诗，措词哀怨，其一有云："泛舟越洪涛，怨彼东路长。顾瞻恋城阙，引领情内伤。"（后来白马王因牵涉谋反，帝征彪治罪，彪自杀。）

其五悼念任城王有云："奈何念同生，一往形不归。孤魂翔故城，灵柩寄京都。"其六云："仓卒骨肉情，能不怀苦辛？"

此与《洛神赋》所云"悼良会之永绝兮，哀一逝而异乡"，以及"遗情想像，顾望怀愁"等语，实相呼应。盖《白马篇》及《洛神赋》均作于黄初四年（223年）。

《洛神赋》自序云："黄初三年，余朝京师。"三年实为四年之误。前人已多考证，文帝（丕）自二年（221年）十二月东巡，至四年三月始还洛阳，三年帝不在洛，植不能有朝京师之事。

四年何以误成三年？何义门曰："陈思王实以四年朝洛阳，而赋云三年者，不欲亟夺汉年，犹感丧悲哭之志也。"然究不过推测之词，证据不备，我们只能以传写失检，解释为文字错误的原因。

读了本文下节所述曹植与其兄的猜嫌和仇隙，则可断言植朝京师、还济洛川之时，惶恐为之不暇，决不敢以感甄作赋。且植与甄后，亲则叔嫂，与其兄义则君臣，岂敢以“感甄”二字，形于笔札。且其他各种记载，均无明帝改窜赋题之说。

至于示枕赉枕，何义门曰：“里巷之人所不为，况帝又猜忌诸弟者乎？记中言人鬼交馈，语词亦虚诞，故此记不实，无可取信”。

据胡克家《文选考异》云：“此二百七字（指尤本所附小记），袁本、茶陵本无，案二本是也。此因世传小说，有感甄记，或以载入简中，而尤延之（袤）误取之耳。”世人误以此记为李善注，乃从而渲染之。至文中李注云：“此言微感甄后之情”，文义前后不贯串，故胡克家考异云，“当亦有误字也”。

邓永康《子建年谱新编》，言感甄之诬，并指出子建作赋之动机，曰：“一般文人，更乐道风流，形诸辞章，此义山、微之诗所由成也。《离骚》：‘吾令丰隆乘云兮，求宓妃之所在。’植既不得于君国，济洛以作此赋，托词宓妃以寄心文帝，其亦屈子之意也”。

曹丕与曹植的嫌隙

曹操在世的时候，曹植与曹丕各树党羽，争立为魏世子——曹操的继承人。《魏志·曹植传》云：“植既以才自异，而丁仪、丁廙、杨修等为之羽翼，太祖（操）狐疑，几为太子者数矣。而植任性而行，不自雕励，饮酒不节。文帝（丕）御之以术，矫情自饰，宫人左右，并为之说，故遂定（丕）为嗣。”

杨修于曹操死前百日被杀，时为建安二十四年（219 年）秋，裴注引《典略》云："修临死谓故人曰：我因是以死，死之晚也。其意以为坐曹植也。"

曹操于二十五年（220 年）正月死，丕嗣立为丞相魏王，同年丕称帝，改元黄初，诛丁仪、丁廙并其家口，以尽去植党羽翼。明年，黄初二年（221 年），监国谒者灌均，希文帝之意，奏植醉酒悖慢，劫胁使者，有司请治罪。

文帝迁植至京师，废置南宫，后以植为太后爱子，未敢加害。

《魏略》云："初植未到关，自念有过，宜当谢帝，乃留其从官于关东，单将两三人，微行入见清河长公主，欲因主谢，而关吏以闻，帝使人逆之，不得见。太后以为自杀也，对帝泣。会植科头负鈇质，徒跣诣阙下，帝及太后乃喜。及见之，帝犹严颜色，不与语，又不使冠履。植伏地泣涕，太后为不乐，诏乃听服王服。"

此时曹植官爵为临甾侯，帝希太后意，并未加害，后自南宫释放，但贬其官爵为鄄城侯，"听服王服"一语，恐为《魏略》之误。

裴注《魏志·卞太后传》，引《魏书》曰："文帝问占梦周宣曰：吾梦磨钱，欲使文灭而愈明，何谓？宣怅然不对，帝固问之，宣曰：此陛下家事，虽意欲尔，而太后不听，是以欲灭更明耳。时帝欲治植之罪，逼于太后，但加贬耳。"

唐人小说有一段记载，未必确实，录之以备参考，据云：

> 魏陈思王曹植与文帝不协。文帝即位，尝欲害之。又以思王乃太后之爱子，不敢肆心。因召植游华林园饮酒，酣醉之，密遣左右缢杀。使者以弓弦三缢不死，而弦皆顿绝，植即惊觉。左右走白帝，帝自是后，不复敢害植。

黄初三年（222 年），晋封植为鄄城王，文帝诏曰："植，朕之同母弟，朕于天下，无所不容，而况植骨肉之亲，舍而不诛，其改封植"。

然而兄弟间嫌隙，并不因徙封而弥缝。黄初六年（225 年），传说有七步诗之事。《世说·文学篇》云："文帝尝令东阿王（植）七步作诗，不成者行大法。应声便为诗曰：'煮豆持作羹，漉菽以为汁。萁在釜下燃，豆在釜中泣。本是同根生，相煎何太急？'帝深有惭色。"

丕虽有除弟而后快之心，但所谓诗不成行大法，文帝未必冒天下之不韪而为之。文帝很像他父亲，多权诈，如他杀弟任城王曹彰，用秘密毒害之法，决不至于用不近情理的原因，公开加植死罪。诗以豆及萁为喻，暗示兄弟煎逼，或许真是曹植所作。但七步之说，恐出于后人传会，盖欲彰文帝之暴及陈王之才。

从上述的若干故事推敲，即使擘开那些牵强的传说，也足看出兄弟间嫌隙之深，证明《洛神赋》所附小记所云"示枕"、"赉枕"之说，实在太不近情理了。

真率两诗人

丝毫没有矫揉雕饰

日本东京某大旅馆的酒排间，有一巨幅壁画，绘《李白独酌》图，正如我国江南一带酒肆，悬招牌曰：“太白遗风”。李白《将进酒》七古云：“钟鼓玉帛不足贵，但愿长醉不愿醒。古来圣贤皆寂寞，唯有饮者留其名。”他豪于诗，为千古传诵，亦豪于饮，诗仙而为酒仙，不意今日还留名于浸润我唐代文化甚为深厚的日本。此一壁画，在工业时代市侩式的广告用意中，不能不说，带有一些风雅气息。

本篇杂谈陶渊明与李太白，这两位大诗人，虽同以喜爱杯中物，甚至沉湎曲蘖著名，但所处的时代相隔约三个世纪，际遇有别，而诗的作风，陶则简净淳朴，李则俊发豪放，也绝不相侔。然而两者的为人，不同之中，也有其相同处，何妨相提并论，也许未必不伦不类吧。

两诗人的人生态度，都得真率之妙，渊明表现在静的方面，守拙田园，自得其乐，像澄莹宁静的一池秋水。太白则表现在动的方面，任侠好义，狂放高傲，如天马行空。他们二人率性而行，超然于世俗的是非好恶之外，不受羁牵，都自真率的个性出发，一静一动，丝毫没有矫揉雕饰，他们追寻到的人生，如以世俗的眼光去看，有幸或不幸，他们所希求的是得其所得，适其所适，但行谊的方向不同，造成了结果的差别。

李白十分敬仰陶渊明，他有句云：“梦见五柳枝，已堪挂马鞭。何日到彭泽，长歌陶令前。”他尤其仰慕渊明的弃官归田，隐而不出，所以他说，“愿一佐明主，功成还旧林”。又说，“功成拂衣去，归入武陵源”。然而他还有“功”的观念，不幸“晚途未云已，蹭蹬遭谗毁”，初则“彷徨庭阙下，艰息光阴逝”，终则盲动，投入永王璘的叛乱行列，遭流放夜郎之厄，虽得赦免，但不能如渊明《五柳先生传》所说的那样：“酣歌赋诗，以乐其志”，“忘怀得失，以此自终”。

苏东坡评李白曰：“好事喜名，不知义理之所在。”也许是从李白之未能善用其真率着眼，不能如渊明的真正得其所应得，适其所应适。

流露胸中自得之妙

渊明以他率真之性，一切听顺自然，委穷达，惜素抱，他的诗是一种自然流露，无意求人之知，只是吟咏他胸中自得之妙，既不想雕词琢句，更不欲炫奇立异，那样的平易，但并不像后世白乐天之故意要做到老妪都解。正如他的“采菊东篱下，悠然见南山”，言微意远，在无意中，智慧的一闪，丝毫不假人工，丝毫没有立名求胜之心，而写下了千古不朽的闲适意境。他说，“但识琴中趣，何劳弦上音”，也许他以为把握了自然之趣，连落纸着墨也是多余的了。

“生者为过客，死者为归人。天地一逆旅，同悲万古尘”。这是李白拟古五言之句，他又说，“夫天地者，万物之逆旅，光阴者，百代之过客”。他虽也能看破生死，但还求仙访道，仗剑游侠，他的真率，不过以恢宏的气度，慷慨自负，不拘常度，笑傲公卿。他的爱好自然，与渊明比较起来，似乎尚不够彻底，虽有飘然超世之心，仍落尘网的拘牵。他的诗，常如他的做人一样，纵横豪放而欲一飞冲天，一鸣惊人。他说，“大雅久不作，吾衰竟谁陈”。又说，“我志在删述，垂辉映千春”。

李诗和陶诗，在人生意境，表现了真率的两个不同方面，都有凌跨百代的绝世之姿，我们很难说谁的作品更可爱，只是在读者的如何感受而已。

“嗜酒见天真”

李白的《将进酒》云：“人生得意须尽欢，莫使金樽空对月。”《行路难》云：“且乐生前一杯酒，何须身后千载名。”《赠友五古》云：“开颜酌美酒，乐极忽成醉。”又《客中行》云：“兰陵美酒郁金香，玉碗盛来琥珀光。但使主人能醉客，不知何处是他乡。”《月下独酌》云：“三杯通大道，一斗合自然。但得酒中趣，勿为醒者传。”

杜甫说他“剧谈怜野逸，嗜酒见天真”。又《不见（近无李白消息）》云：“敏捷诗千首，飘零酒一杯。”

李白的嗜酒，不问其所以然而然，只求适其所适，所以杜甫说他由是而见天真。李诗所流露的热情与豪放，都与酒有关。关于李白饮酒的故事，流传甚多，此处约举《旧唐书》所述的一段，云：

> 天宝初，（白）客游会稽，与道士吴筠，隐于剡中。既而玄宗诏筠赴京师，筠荐之于朝，遣使召之，与筠俱待诏翰林。白既嗜酒，日与饮徒

> 醉于酒肆。玄宗度曲，欲造乐府新词，亟召白，白已卧于酒肆矣。召入，以水洒面，即令秉笔，顷之，成十余章，帝颇嘉之。尝沉醉殿上，引足令高力士脱靴，由是斥去。乃浪迹江湖，终日沉饮。

这与杜甫《饮中八仙歌》所咏相吻合的。杜诗云："李白一斗诗百篇，长安市上酒家眠。天子呼来不上船，自称臣是酒中仙。"

高力士在当时，因得玄宗及贵妃之宠，权倾一世，李白酒后更见其不畏权贵的真率，所以他爱酒，酒和他的真率是互为表里的。

发挥物我两忘之趣

我们如果翻开《陶渊明集》，"酒"和"醉"字，也是触处可见。梁昭明太子作《陶渊明集序》，谓渊明之嗜酒，为寄酒以忘情。他说："陶诗篇篇有酒，吾观其意不在酒，亦寄意为迹者也。"

渊明的旷达真率，在醺然陶然的意境中，更能洗尽胸中芥蒂，发挥物我两忘的自适之趣，他并不是故意要寄情于酒，酒和他真率的天性，有互相发挥的功能，酒成了他人生妙味的一部分。

他有饮酒五古十余首，自序云："余闲居寡欢，兼比夜已长，偶有名酒，无夕不饮。顾影独尽，忽焉复醉。既醉之后，辄题数句自娱。纸墨遂多，辞无诠次，聊命故人书之，以为欢笑尔。"十首非一时所作，题材亦无拘束，想到什么就写什么，超然神化，意趣无垠，其中之一，云：

> 故人赏我趣，挈壶相与至。班荆坐松下，数斟已复醉。父老杂乱言，觞酌失行次。不觉知有我，安知物为贵。悠悠迷所留，酒中有深味。

尤其值得注意的，他有时在无可奈何的遭际中，酒能帮助他化悲苦为欢欣，转矛盾为圆融。他的《责子》诗，先说五个儿子的不肖，结句云："天运苟如此，且进杯中物"。以幽默的笔调，道出了旷达的妙悟，他认清酒的功能，在"浊酒聊可恃"中，获得悠然自得之境。

他自挽五古云："千秋万岁后，谁知荣与辱。但恨在世时，饮酒不得足。"又云："在昔无酒饮，今但湛空觞。春醪生浮蚁，何时更能尝?"世事皆空，只有酒，还是他临死所惓惓难忘的。

脱出人生的矛盾

李白诗中，甚多酒可消愁之句，如云："悉来饮酒二千石，寒灰重暖生阳春"。又云："穷愁千万端，美酒三百杯。愁多酒虽少，酒倾愁不来。所以知酒圣，酒酣心自开"。

他说："思对一壶酒，澹然万事闲。横琴倚高松，把酒望远山。"他从酒中所得的心灵境界，与渊明相同。

前文曾说渊明的心境，有如一片澄莹宁静的秋水，然而人之为人，如果尚未修炼到佛家的超凡入定，决不是一泓死水，随时会涌起荡漾的波澜，甚至起伏的激流。李白际遇侘傺，牢骚郁结，渊明也有他的哀愁，他的怅惘，我们可以看一看他如何落尽浮华，归于真淳，脱出了人生的困惑与矛盾，最后正如他所说的："纵浪大化中，不喜亦不惧"。

渊明早年，未尝没有用世之心，他对世界一切，原有亲切的热爱，在世路多歧的丧乱时代，他仁者之心，也想立事功以救世。所以他在《拟古》诗中说："少时壮且厉，抚剑独行游。"《杂诗》云："忆我少壮时，无乐自欣豫。

猛志逸四海，骞翮思远翥。”

他二十余岁的时候，曾参镇北将军刘牢之幕，后又参建威将军刘敬宣幕，敬宣为牢之子。直到三十四岁始离军幕补彭泽令。

然而在“真风告退，大伪斯兴”的时代，无可发挥他的素志，觉得一切违背了他爱好自然的本性，尤其他的接受彭泽令，为了贫穷，为了物质而舍弃自己“不屑不洁”的素怀，其苦痛更甚于贫穷和饥饿。于是做了几十天的彭泽令，“遂尽介然分，拂衣归田里”。

从出仕到归隐先后十年，《杂诗》云：“荏苒经十载，暂为人所羁”。（其《归田园居》云：“误落尘网中，一去三十年。”经近人考定，“三”为“已”字之误，应作“一去已十年”。）

梁任公论曰：“爱自然的结果，当然爱自由，渊明一生，都是为精神生活的自由而奋斗，斗的什么，斗物质生活。《归去来辞》说：尝从人事，皆口腹自役。又说，以心为行役。他觉得做别人的奴隶，回避还容易，自己甘心做自己的奴隶，便永远不能解放了。他看清楚耳目口腹等等，绝对不是自己，犯不着拿自己去迁就他们。”

任公并引渊明《饮酒》五古之一，说他写出此种怀抱，诗云：

在昔曾远游，直至东海隅。道路迥且长，风波阻中途。此行谁使然，似为饥所驱。倾身营一饱，少许便有余。恐此非名计，息驾归闲居。

此一抉择，看似简单，其间不能说没有心理的交战，经过徘徊与彷徨。十年的经验，饱尝人世的失望和悲痛，他慨叹“壑舟无须臾，引我不得住。前途当几许，未知止泊处”。于是断然弃官归田，而“久在樊笼里，复得返自然”。

渊明在他有名的《归去来兮辞》短序中，把事实和心理坦率道出，他说：

余家贫，耕植不足以自给。幼稚盈室，瓶无储粟，生生所资，未见其术。亲故多劝余为长吏，脱然有怀，求之靡途。会有四方之事，诸侯以惠爱为德；家叔以余贫苦，遂见用于小邑。于时风波未静，心惮远役。彭泽去家百里，公田之利，足以为酒，故便求之。及少日，眷然有归欤之情。何则？质性自然，非矫厉所得。饥冻虽切，违己交病。尝从人事，皆口腹自役。于是怅然慷慨，深愧平生之志。犹望一稔，当敛裳宵逝。寻程氏妹丧于武昌，情在骏奔，自免去职。仲秋至冬，在官八十余日。因事顺心，命篇曰《归去来兮》。乙巳岁十一月也。

这篇短文写得简明率直，并无丝毫掩饰，也最能表现他率真的个性。苏东坡评曰："欲仕则仕，不以求仕为嫌，欲隐则隐，不以去之为高。"渊明丝毫没有扭捏作态。

《宋书·陶渊明传》云："郡遣督邮至，县吏白：应束带见之。潜叹曰：我不能为五斗米折腰，向乡里小人。即日解印绶去职。"

这可能是"违已交病"的事实之一，但渊明在《归去来兮辞序》中，没有提及督邮之事，只说为了程氏妹丧于武昌，乃自免去职。他最初虽有决心，尚思犹豫观望，说"犹望一稔"之后，才"敛裳宵逝"。《宋书》之说，也可能仅属传闻。

安恬无碍的贫而乐

渊明找到了他人生的"止泊"之所，他说："托身已得所，千载不相违"。以躬耕来解决现实的生活问题，他说："衣食当须纪，力耕不吾欺"。

然而务农是贫苦的，有时且不得一饱。他在《杂诗》中说："代耕本非望，所业在田桑。躬亲未曾替，寒馁常糟糠。岂期过满腹，但愿饱粳粮。御冬足大布，粗絺以应阳。正尔不能得，哀哉亦可伤。”

《有会而作》序云：“旧谷既没，新谷未登，颇为老农，而值年灾，日月尚悠，为患未已。登岁之功，既不可希，朝夕所资，烟火裁通。旬日已来，始念饥乏。岁云夕矣，慨然永怀。今我不述，后生何闻哉？”

《乞食》一诗，写出他穷饿而至乞食。诗云：“饥来驱我去，不知竟何之。行行至斯里，叩门拙言辞。主人知余意，遗赠岂虚来。谈谐终日夕，觞至辄倾杯。”

除了米粮以外，他所爱的酒，也多赖亲旧接济。《五柳先生传》云：“性嗜酒，家贫不能常得。亲旧知其如此，或置酒而招之。造饮辄尽，期在必醉。”又曰：“环堵萧然，不蔽风日，短褐穿结，箪瓢屡空，晏如也。”

值得注意的是“晏如也”三个字，他贫而乐，心安理得。《咏贫士》云：“岂不实辛苦，所惧非饥寒。贫富常交战，道胜无戚颜。”物质的压迫，敌不过精神生活的愉悦，所以他说：“俯仰终宇宙，不乐复何如”！

他有一首极负盛名的《饮酒》之一，写他归隐生活的悠然自得，诗云：

“结庐在人境，而无车马喧。问君何能尔，心远地自偏。采菊东篱下，悠然见南山。山气日夕佳，飞鸟相与还。此中有真意，欲辨已忘言。”与自然相融和，安恬无碍，已到出神入化的境界。

他不矫饰不虚伪

李白风流倜傥，集中多携妓遨游之诗，如《江上吟》有句云：“美酒樽中置千斛，载妓随波任去留”。又，《出妓金陵子呈卢六》，句云：“南国新丰酒，东山小妓歌”。金陵子是他的家妓。

渊明困穷，当然不能有此乐，细检记载及其本人的诗文，除了先后两妻之外，找不到他与任何其他女性有过柔情旖旎的关系，然而男女相悦，人之天秉，渊明有一篇《闲情赋》，写艳丽的美人，他说：

> 褰朱帏而正坐，泛清瑟以自欣。送纤指之余好，攘皓袖之缤纷。瞬美目以流盼，含言笑而不分。

他又说：“思宵梦以从之，神飘飘而不安。”

赋中有十愿之文，爱慕思虑之深，刻划入微，赋曰：

> 愿在衣而为领，承华首之余芳。……愿在裳而为带，束窈窕之纤身。……愿在发而为泽，刷玄鬓于颓肩。……愿在眉而为黛，随瞻视以闲扬。……愿在莞而为席，安弱体于三秋。……愿在丝而为履，附素足以周旋。……愿在昼而为影，常依形而西东。……愿在夜而为烛，照玉容于两楹。……愿在竹而为扇，含凄飚于柔握。……愿在木而为桐，作膝上之鸣琴。”

渊明真率的天性，言为心声，他绝不隐晦，心中所想的是什么，就写出什么，不矫饰，不虚伪。但昭明太子序陶集云：“白璧微瑕，惟在闲情一赋。”这有些像后世道家学的口吻。宋代有一位道学先生说：只要心中无妓，不妨座上有妓。座上既有妓，谁知你心中究竟有妓还是无妓？自欺欺人，矫情炫众，实在距真率坦诚太远，有愧渊明此赋。这莫非就是渊明所说的“真风告退，大伪斯兴”吗？

看不破的父子之情

儿子生活念念在心

《陶渊明集》中，有关他儿子的诗文，有《命子》及《责子》二诗，《与子俨等疏》一文。《命子》诗重点在追溯绵远的世系和歌诵先德，最后略有“福不虚至，祸亦易来”等，勉励他儿子的话。《与子俨等疏》上半篇自叙身世和性格，末以善处兄弟之道为训勉。云：“汝等虽不同生，尝思四海皆兄弟之义，鲍叔管仲，分财无猜，归生伍举，班荆道旧，遂能以败为成，因丧立功，他人尚尔，况同父之人哉?”

渊明有五子，据汤东涧陶诗注，曰：舒俨、宣俟、雍份、端佚、通佟。《责子》诗列举五人的名字，对他们的不才不肖，颇有无可奈何的感慨，诗曰：

> 白发被两鬓，肌肤不复实。虽有五男儿，总不好纸笔。阿舒已二八，懒惰故无匹。阿宣行志学，而不爱文术。雍端年十三，不识六与七。通子垂九龄，但觅梨与栗。天运苟如此，且进杯中物。

“且进杯中物”，虽很幽默，亦即黄山谷所谓“戏谑可观”，但上句“天运苟如此”，则怨尤愁叹之情，不免溢于言表。

后世论者，以为渊明高蹈独善，襟怀旷达，世事无一可在他胸中留下芥蒂，独对几个儿子，拳拳于怀，不能自已。于是杜子美吟诗讥其“未必能达道”。杜氏《遣兴》之一，云：

陶潜避俗翁，未必能达道。观其著诗篇，颇亦恨枯槁。达生岂是足，默识盖不早。有子贤与愚，何其挂怀抱？

更有一事，可以看出陶渊明关切他的儿子。萧统《陶渊明传》，说他为彭泽令之时，不以家累自随，送一仆役给子，书曰：“汝旦夕之费，自给为难，今遣此力，助汝薪水之劳。此亦人子也，可善遇之。”此书为陶集所未收，《南史·隐逸传》亦据萧传录之。《与子俨等疏》也有体念儿子生活辛劳之语：“汝辈稚小家贫，每役柴水之劳，何时可免，念之在心，若何可言。”

看不破父子关系

所谓舐犊之情，畜类尚且如此，何况于人？旷达的人可以看破生死，而父子关系有时还是很难看破的。然而陶渊明正因为此，显出了这位诗人不是没有“人情味”的。

讥渊明“有子贤与愚，何其挂怀抱”的杜子美，也是非常关切他儿子的人，他有子名宗文和宗武，两人俱拙于生事，才学平庸，宗文早世，（或谓“子美殁后，宗文尚漂寓江陵”）。至于宗武，元稹的杜甫墓志铭，谓杜甫死的时候，“嗣子曰宗武，病不克葬，殁。命其子嗣业，嗣业贫，无以给丧，收拾乞丐，焦劳昼夜。去子美殁后，余四十余年，然后卒先人之志，亦足为难矣”。

杜子美爱子之情，也许更甚于陶渊明。子美《忆幼子》诗云：“别离惊节换，聪慧与谁论。”《得家书》云：“能儿幸无恙，骥子最怜渠。”《元日示宗武》云：“汝啼我手战。”《遣兴》一诗，有句称誉宗武幼小时的聪明，而颇露自得之意：

> 骥子好男儿，前年学语时。问知人客姓，诵得老夫诗。世乱怜渠小，家贫仰母慈。鹿门携不遂，雁足系难期。天地军麾满，山河战角悲。傥归免相失，见日敢辞迟。（杜诗吴若本注：“宗武小名骥子”。）

乱离中拳拳之情，可感可泣，然若陶渊明生在他的后代，大可问他一句：“何其挂怀抱”了。

苏东坡曰：“吾于诗人，无所甚好，独好渊明之诗。”他谪居儋耳，前后和陶诗一百有九篇，缅怀身世，觉得自己不能如渊明之早脱世网，与弟子由书云：“半生出仕，以犯世患，此所以深愧渊明，欲以晚节师范其万一也。”东坡有子名过，随侍渡海，不离左右，过亦能诗，东坡《游斜川和正月五日》诗有句曰：“过子诗似翁，我唱儿辄酬。未知陶彭泽，颇有此乐不？”骄矜得意之余，竟向渊明挑战，讽及其子的不才。东坡此诗，似失温柔敦厚之义，渊明在九泉闻之，不知将如何地啼笑皆非。

两子同年的问题

陶有子五人，因《责子》诗谓“雍端年十三”，明言雍份与端佚同年，显非一母所生，这和《与子俨等疏》曰：“汝等虽不同生”一语合。于是历来的陶诗笺注家发生了陶渊明有没有姨太太的问题？马大年曰：“雍端皆年十三，则其庶出可知也。”但也有人说：“安知非双生？”

关于这个问题，为历来所聚讼。渊明有诗云：“弱冠逢世阻，始室丧其偏。”李公焕注：“公年二十丧偶，继娶翟氏。”陶先后有两位嫡妻，所以五个儿子不同生，这是可以断言的。然而前妻已死，雍端同年，似乎在续弦之外，另有一妾存在。古人纳妾，虽是极寻常的事，但进一步推敲，渊明一生贫困，其《有会而作》有云：“弱年逢家乏，老至更长饥”。

《五柳先生传》云：“环堵萧然，不蔽风日，短褐穿结，箪瓢屡空。”似乎他的物质条件，不会另有姨太太。

所以又有人说：“以五柳之清高，恐无庶出”，五子不同生，“但为前后嫡母耳”。与渊明同时代的颜延之所作《陶征士诔》谓：“少而贫苦，居无仆妾。”他的话应当是可信的，上面雍端同年这个问题，只能用孪生来解释了。

祖宗的潜德幽光

渊明前妻贾氏，继室翟氏，《南史·渊明传》云：“其妻翟氏，志趣亦同，能安苦节，夫耕于前，妻锄于后”。

至于他的子孙，既无所表见于后世，见之著录的资料亦少，仅《梁书》曰：安成王秀为江州刺史，“闻前刺史取征士陶潜曾孙为里司。叹曰：陶潜之德，岂可不及后世。即日辟为西曹”。

到了明代，汲古阁主人毛晋曰：“李空同督学江右，访得（陶）先生墓，井田六十有二丘，迁诸窃据者数冢而封识之，令其裔在星子名琼者领业，在九江名亨者为郡学生，奉先生祠”。琼与亨为渊明后世可考的一线。存此姓名于典籍，还是靠了他们祖宗的潜德幽光。

两诗人晚年得子

中唐时代诗人白乐天，自以为栖心梵释，遁迹老庄，不累于世事，然而深于诗者必多于情，他的一生，儿女之事，也使他缱绻萦怀，影响了他的忧喜哀乐。

乐天和他的好友元微之，都是晚年得子。太和三年（829年），乐天年五十八岁，子阿崔生。是年微之年五十一岁，也生了一个儿子道保。相与酬唱，喜出望外。乐天诗，赘以长长的标题，曰："予与微之，老而无子，发于言叹著作诗篇，今年各有一子，戏作二什，一以相贺，一以自嘲"。诗有句云："常忧到老都无子，何况新生又是儿。"又云："五十八翁方有后，静思堪喜亦堪忧。"

在阿崔未生之前，乐天时作无子之叹，散见集中，如《和微之听妻弹别鹤操》，有句云："一闻无儿叹，相念两如此"。《见李苏州示男阿武诗》，自感成咏云："遥羡青云里，祥鸾正引雏。自怜沧海畔，老蚌不生珠"。

阿崔生后，乐天衷心地快慰，亦屡见诗篇。《阿崔》五律有句云："岂料鬓成雪，方看掌弄珠。已衰宁望有，虽晚亦胜无。兰入前春梦，桑悬昨日弧。里闾多庆贺，亲戚共欢娱。腻剃新胎发，香绷小绣襦。玉芽开手爪，酥颗点肌肤。"最后并且说，"何时能返哺，供养白头乌？"

怀抱又空天默默

不幸阿崔三岁即夭，乐天的伤心可想而知。《哭崔儿》诗云："悲肠自断非因剑，啼眼加昏不是尘。怀抱又空天默默，依前重作邓攸身。”

所巧者，微之之子道保亦三岁死，微之卒于五十三岁，按墓志：“有子道护，年三岁而卒”。葛常之《韵语阳秋》云：“以岁月考之，即道保也。”

乐天自丧阿崔，终身无子。《旧唐书·白居易传》云：“无子，以侄孙阿新嗣。”但《新唐书·宰相世系表》则在居易条下，云：“景受，孟怀观察支使，以从子继。”

于是承祧乐天之嗣，遂有两说。《旧唐书》系据白乐天自撰《醉吟先生墓志》而来，近人岑仲勉尝考证此文为他人伪托，其说甚谛，故阿新之说，亦未必可信，盖乐天侄子有好几位，不以侄而以侄孙为嗣，宋陈振孙作《白文公年谱》，即疑此事之不可解。

侄景受为嗣之说，在《新唐书》之前，出自李义山为白氏所作墓碑，碑云：“子景受，自颍阳县尉治集贤御书”，且谓碑文系应公子景受而作。当以此说为定。

然《唐文粹》所录义山碑铭之后，附载弘农郡君（乐天夫人杨氏）《殇子辞》一首：

> 予有令子，俭衣削食。以纪先功，志刊贞石。彼苍不遗，俾善莫隆。今子建立，痛冤无穷。

阿崔三岁已死，杨氏所云，先后显有两位嗣子，一为意欲刊石未果的令子，一为后所建碑的今子。

冯孟亭注《义山文集》云：“余谓阿新越序为嗣，是白公杨氏所爱定于存时者，不意公殁后，阿新亦殇，此殇子辞必为阿新。其曰令子即阿新，其曰今子仍景受，盖阿新殇后又以景受为继，而郡君痛冤无穷，自以辞志也。”

这是调和新、旧《唐书》两说，作揣测性的推论，颇见用心之苦。冯氏注文时，尚无人致疑于《醉吟先生墓志》之出于伪托，其曰令子阿新之结论，仍从伪志，似亦未确，惟谓前立之子先死，后立之子为景受，这是言而有据的。然前立者究系何人，则无确切资料可据，只能付之阙疑了。

乐天有《祭弟文》，悼其弟行简。有云：“龟儿颇有文性，吾每自教诗书，三二年间，必堪应举。阿罗日渐成长，亦胜小时。……尔前后所著文章，吾自检寻编次，勒成二十集，题为《白郎中集》。……他日及吾文集，同付龟、罗收传。”

文中的阿罗，为乐天所亲生女。龟儿乃乐天弟行简之子，言其颇有文性，且自教诗书，预言文集将同付收传，则在乐天生前，对此侄已甚钟爱。故有人疑龟儿即景受，虽无明确佐证，可能性极大。

以龟为名，在今天看来，似不雅驯，然绿帽之说，为后世所出，汉唐对此并无避忌，以龟名者取其芳龄永继，长命如龟，日本至今尚存我汉唐旧俗，不乏龟太郎一类的名字。

只余一女早寡

我国史传，书子不书女，新、旧《唐书》白传均未言及乐天有几个女儿，只能从他的诗文集去搜寻。乐天有《自到浔阳生三女子》七律，句云：“远谪四年徒已矣，晚生三女拟如何”。他于四十四岁任江州司马，元和十三年（818 年）十二月，四十七岁，除忠州刺史，三个女儿都是在这段时间所生的。

其中一女乳名金銮子，三岁而亡。《念金銮子》诗云：“与尔为父子，八十有六旬。”《病中哭金銮子》云：“岂料吾方病，翻怜汝不全。卧惊从枕上，扶哭就灯前。有女诚为累，无儿岂免怜。病来才十日，养得已三年。慈泪随声迸，悲肠遇物牵，故衣犹架上，残药尚头边。送出深村巷，看封小墓田，莫言三里地，此别是终天。”

汪立名辑《白香山诗集》，引《云仙杂记》为注云：“乐天女金銮，十岁，忽书北山移文示家人”。这显然是不正确的，金銮或许为阿罗之误。

另一女，大约也是夭折的，乐天有《重伤小女子》七律。唐人每以“殇”与“伤”通用，“重伤”有一殇再殇之义。句云：“才知恩爱迎三岁，未辨东西过一生。汝系下伤应杀礼，吾非上圣讵忘情。”所可怪者此女之死，亦不足三岁，与金銮同。因此“重伤”亦可解释为一再悲悼金銮子，义虽两歧，因无其他资料可作断语，书之待考。

至于阿罗，大约是乐天四十五岁生的。乐天五十七岁《戊申岁暮咏怀》云：“嗟生一女才十二，只欠三年未六旬。”他在阿罗七岁之时，有诗云：“吾雏字阿罗，阿罗才七龄。……抚养虽骄呆，性识颇聪明。学母画眉样，效吾咏诗声。……缅想古人心，慈爱亦不轻。……敢求汝得力，但未忘父情。”

《自问五律》云：“赖有弹琴女，时时听一声。”则阿罗长大之后，且擅弹琴之艺。

阿罗适谈氏，李义山白公墓碑云，“一女妻谭氏”，“谭”为“谈”字之误。阿罗有子有女，乐天有《谈氏外孙女孩满月诗》，及《谈氏外孙生三日，喜是男，偶吟成篇》七律。

乐天七十三岁的时候，作《谈氏小外孙玉童》诗，有“东床空后且骄怜”之句，自注云，“谈氏初逝”，则阿罗早寡，于此可见。

儿女的生死，使这位老诗人一生之中，忽喜忽悲，赚得他不少欢笑和不少眼泪，正如他自己所说，“惭非达者怀，未免俗情怜”。

人性弱点造成挫跌玷辱

陷贼而临危苟免

我国历来的道德观念，最重节操。按照帝王时代的逻辑，忠君即是爱国，如果叛君，或投靠叛君之人，不仅将面临严峻的法律制裁，在道义上，因为大节有亏，亦为社会所不齿。唐代有两位名诗人，王维和李白，都因此而为论者所鄙薄，王维在不得已的情况下，安禄山反，迫以伪职；永王璘叛，李白为府僚，佐之起兵。禄山和永王的叛乱，敉平之后，王维虽获朝廷曲谅，而李白亦仅得流放夜郎的处分，且中途遇赦归，然而临难苟免或公然叛乱，成了他们一生的白圭之玷。

诗盛于唐，开元、天宝前后数十年间，垂名千古的作家辈出，王维亦为其中不朽诗人之一。才华炳焕，笼罩一时。论者谓其天机清妙，与物无竞，故其诗真趣洋溢，脱弃凡近。也有人说他的作品，如秋水芙蕖，倚风自笑，出语妙处，与造物相表里。

王维，字摩诘，精研佛理，亦工绘画，闲音律，能琵琶，最后官至尚书右丞，后世称之为王右丞。可是这位多才多艺的诗人，在天宝十四载（755

年)，维时官长安，安禄山叛军陷两都，玄宗（明皇）出幸，维不及扈从，为贼所得，迫为伪官。

《旧唐书》及《新唐书》均载其事，《新唐书》云：

> 安禄山反，玄宗西狩，维为贼得，以药下痢，阳暗。禄山素知其才，迎置洛阳，迫为给事中。禄山大宴凝碧池，悉召梨图诸工合乐，诸工皆泣。维闻悲甚，赋诗悼痛。贼平，皆下狱。或以诗闻行在，时（其弟）缙位已显，请削官赎维罪，肃宗亦自怜之，下迁太子中允。久之，迁中庶子，三迁尚书右丞。

这节记载不仅说明了王维陷贼经过，并且道出原因，何以贼平后只受到朝廷很轻的处分：一因所作《凝碧池诗》感动了肃宗，二因其弟王缙自请削官以赎兄罪，时缙官刑部侍郎。

因为王维的际遇，这首《凝碧池》七言绝句是很著名的，诗曰：

> 万户伤心生野烟，百官何日再朝天。秋槐叶落空宫里，凝碧池头奏管弦。

后人简称此诗曰：凝碧池诗，原来的题目是很长的，据《王摩诘集》为："菩提寺禁，裴迪来相看，说逆贼等凝碧池上作音乐，供奉人等举声，便一时泪下，私成口号，诵示裴迪"。

《明皇杂录》一书，记当时情形甚详。曰："天宝末，群贼陷两京，大掠文武朝臣及黄门宫嫔、乐工骑士，每获数百人，以兵仗严卫，送于洛阳，至有逃于山谷者，而卒能罗捕追胁，授以冠带。禄山尤致意乐工，求访颇切，于旬日获梨园子弟数百人。群贼因相与大会于凝碧池，宴伪官数十人，大陈御库珍宝，罗列于前后。乐既作，梨园旧人，不觉歔欷，相对泣下，群贼皆露刃持满以胁之，而悲不能已。有乐工雷海青者，投乐器于地，西向恸哭，逆党乃缚海青于戏马殿，支解以示众。闻之者莫不伤痛。王维时为贼拘于菩提佛寺，闻之赋诗。”云云。

致身之义　尚少一死

读了这节记载，再参以《旧唐书・王维传》所谓：“禄山素怜之，遣人迎置洛阳，拘于普施寺，迫以伪署，禄山宴其徒于凝碧宫……”似乎给人一个印象，以为凝碧池是在洛阳，其实菩提寺和凝碧池俱在长安。旧书谓普施寺，证之以王维诗题目云，当为菩提寺之误。按《长安志》云：“平康坊南门之东，有菩提寺，隋开皇二年（590 年）陇西公李敬道及僧惠英所奏立。”凝碧池在长安宫禁中，《唐禁苑图》：“凝碧池在西内苑重元门之北，飞龙院之南”。

又按胡三省作《通鉴音注》，谓遍检诸书，禄山反后，未尝至长安。则大会于凝碧池者为禄山的党羽徒众，其本人并未参加。这不仅指出《旧唐书》“禄山宴其徒于凝碧宫”一语有误，并且提供一个事实，说明王维之《凝碧池诗》作于西京，被押解到洛阳之前。而被迫受伪官，则在被禄山遣人迎置洛阳之后。

此一时间因素，对于后世考量王维的忠贞问题，应当是一个重要的关键。或许他被拘在长安的时候，节慨凛然，秋槐落叶之吟，有惓惓不忘君父之思，但到了洛阳就改节而受伪命了。这是很可能的。虽由逼迫和威胁，但临危苟全，大节有亏，所以昔人说他，“致身之义，尚少一死”。

乱平之后，他未获重罪，除了上述两原因外，据《太平广记》的记载，还有一说，据谓：

天宝末，禄山初陷西京，维及郑虔、张通等，皆处贼廷。洎克复，俱囚于宣杨里杨国忠旧宅。崔圆因召于私第，令画数壁，当时皆以圆勋贵无二，望其解救，故运思精巧，颇绝其艺，后由此事，皆从宽典，至于贬黜，亦获善地。今崇义里窦丞相易直私第，即圆旧宅也，画尚在焉。《明皇杂录》亦曰："太和中画尚存。"

也有记载说，这是郑虔之事，与王维无涉。郑虔被唐玄宗誉为"诗书画三绝"，也是精于绘事的。《太平广记》用"皆"事，则表示王维也参与其事的。如果属实，则巴结权贵，用变相的贿赂，获取庇护，也不是十分光明磊落的行为。

倡优姿态活动公主

王维为开元初进士，在中试的二十五人中，他是"解头"，"解头"即后世所谓"状元"。《太平广记》辑有"郁轮袍"一事，说他的状元及第，是以倡优姿态，活动公主而得到的，其言曰：

"王维右丞，年未弱冠，文章得名。性闲音律，妙能琵琶，游历诸贵之间，尤为岐王之所眷重。"

"时进士张九皋，声称籍甚，客有出入公主之门者，为其地，公主以词牒京兆试官，令以九皋为解头。"

"维方将应举，言于岐王，仍求庇借。岐王曰：贵主之强，不可力争，吾为子划焉。子之旧诗清越者，可录十篇，琵琶新声之怨切者，可度一曲，后五日至吾。"

"维即依命，如期而至。岐王谓曰：子以文士请谒贵主，何门可入哉？子能如吾之教乎？”

“维曰：谨奉命。岐王乃出锦绣衣服，鲜华奇异，遣维衣之。乃令赍琵琶，同至公主之第。……”

“维妙年洁白，风姿都美，立于行，公主顾之，谓岐王曰：斯何人哉？答曰：知音者也。即令独奉新曲，声调哀切，满座动容，公主自询曰：此曲何名？维起曰：号《郁轮袍》。公主大奇之。……”

“维风流蕴藉，语言谐戏，大为诸贵之钦瞩。岐王因曰：若令京兆府今年得此为解头，诚为国华矣。公主乃曰：何不遣其应举？岐王曰：此生不得首荐，义不就试，然已承贵主论托张九皋矣。”

“公主笑曰：何预儿事，本为他人所托。顾谓维曰：子诚取解，当为子力致焉。维起谦谢。公主则召试官至第，遣宫婢传教，维遂作解头，而一举登第矣。”

《太平广记》为小说家言，汇录前人的记载，有时不免渲染，王维与岐王往来甚密，集中有关岐王的诗很多，并无可疑之处，但上面这故事，是否有事实根据，则很难找到其他佐证，清人杭世骏即疑此事之不可能，其言曰：

> 以时世考之，右丞开元九年（721年）登第，尔时姚崇秉国，明皇方急于图治。亲策试应制举人于含元殿，务收贤俊，用宁军国，太平安乐之覆辙，殷鉴不远，肯以状头付儿女之予夺乎？

因为王维的才华蕴籍，后世论评，对于他的行事，往往加以曲谅或辩护，即同时代的杜甫，其《奉赠王中允维》一诗，也竭力推许他的忠贞。有句云：“共传收庾信，不得此陈琳。一病缘明主，三年独此心。”所谓“一病”指的是王维为叛贼所拘时的“服药取痢，佯为暗疾”。观其《凝碧池诗》题，曰“诵示裴迪”，既可诵诗，则《新唐书》所说佯为暗疾，似乎也有可资怀疑的余地。

李白的得宠和被疏

李白诗豪迈清逸，兴会属词，飘然有凌云之意，真不愧“笔落惊风雨，诗成泣鬼神”。他浪迹纵酒，击剑任侠，颇富浪漫气质，有人称之谓“谪仙人”。

因朝中秘书监贺知章之荐，闻于唐明皇（玄宗），明皇很尊重其才。乐史所撰《李翰林别集》序，述白所受明皇给他的荣宠，云：

> 唐天宝中，贺秘监闻于明皇帝，召见金銮殿。降步辇迎，如见绮皓。草和蕃书，思若悬河，帝嘉之。七宝方丈，赐食于前，御手调羹。于是置之金銮殿，出入翰林中。

白于宫中沉香亭，咏《清平调》三章，至今普遍传颂，乐史述其经过，言曰：

“开元中，禁中初重木芍药，即今牡丹也。得四本，红、紫、浅红、通白者，上因移植于兴庆池东沉香亭前。会花方繁开，上乘照夜车，太真妃以步辇从。诏选梨园弟子中尤者，得乐一十六色。李龟年以歌擅一时之名手，捧檀板押众乐前，将欲歌之。上曰：赏名花，对妃子，焉用旧乐辞焉？遽命龟年持金花笺，宣赐翰林供奉李白，立进《清平调》辞三章。白欣然承诏旨，由若宿酲未解，因援笔赋之。”

“其一曰：云想衣裳花想容，春风拂槛露华浓。若非群玉山头见，会向瑶台月下逢。”

“其二曰：一枝红艳露凝香，云雨巫山枉断肠。借问汉宫谁得似，可怜飞燕倚新妆。”

“其三曰：名花倾国两相欢，长得君王带笑看。解释春风无限恨，沉香亭北倚阑干。”

“龟年以歌辞进，上命梨园弟子略约调抚丝竹，遂促龟年以歌之。太真妃持颇梨七宝杯，酌西凉州葡萄酒，笑领歌辞，意甚厚。上因调玉笛以倚曲，每曲遍将换，则迟其声以媚之。太真妃饮罢，敛绣巾重拜。上自是顾李翰林尤异于诸学士。”

后因李白醉命高力士脱靴，力士深以为耻，乃在杨贵妃前谮李白《清平乐》中，用赵飞燕故事，乃是对妃的讽刺和羞辱，于是贵妃亦深恨李白，帝欲官李白，屡为贵妃阻止。乐史言其事云：

> 会高力士终以脱靴为深耻。异日，太真妃重吟前辞(《清平乐》)，力士曰：“始以妃子怨李白深入骨髓，何翻拳拳如是耶?”太真妃因惊曰：“何翰林学士能辱人如斯?”力士曰：“以飞燕指妃子，贱之甚矣。”太真妃颇深然之。上尝三欲命李白官，卒为宫中所捍而至。

轗轲流浪　侘傺以终

李白自知不复为宫廷所亲近，乃自请还山，帝允之，赐金辞阙，浮游四方，终日沉湎于酒，傲放不羁。据《旧唐书》的记载云，“尝月夜乘舟自采石达金陵，白衣宫锦袍，于舟中顾瞻笑傲，旁若无人”。

天宝十四载（755 年），安禄山反，明年长安陷，明皇幸蜀，其第三子肃宗，旋即帝位于灵武，明皇退为上皇。明皇的十三子永王璘，在明皇播迁途中，诏为山南、江西、岭南、黔中四道节度使。

永王生长宫中，并不通晓世务，其子襄成王偒，尤刚鸷乏谋，性好动乱，永王受其子及左右怂恿，举兵反，欲先取江左，图占金陵。

先是，李白浪迹于今安徽江西一带，于宣州谒见永王，永王僻为府从事，及王起兵，白亦参与谋乱行列。但永王很快就失败，率残兵欲逃岭南，为官军追及，战至大庾岭，璘中矢被执，杀之，其子偒亦为乱兵所害。

永王之乱，虽是皇家的同室操戈，按记载，李白于永王幕中，也没有什么重大贡献，然而附从谋逆，还是罪不可恕的。

幸而他和中兴名将汾阳王郭子仪有旧，子仪微时尝犯法，李白为之救免，于是子仪请削官爵以赎李白罪，朝廷许之，因而免诛，诏长流夜郎。夜郎在今贵州西南境，当时是未开发的蛮荒之地。后遇赦得还，轗轲流浪，侘傺以终，时已为宝应元年（762 年），享年六十有四。

叶嘉莹教授论古代诗人，她说一些虽在心灵上具有高贵美好本质的人物，有时却会因人性上某种软弱的疵累，而留下了挫跌玷辱的行为纪录。所谓人性软弱的根性，她指出两点：一是属于一般人所共有的求生存与安全的本能；二是属于一些才智之士所特有的，不甘于寂寞而冀求表现的欲望。王维的玷辱，也许属于第一个弱点，而李白的挫跌，则是属于第二个原因吧。

杜甫的病

踏上了最后旅程

唐代宗永泰元年（765 年）夏，杜甫离成都浣花草堂东行，其时年五十四岁，这是他漂泊一生，最后一段的旅程。是年节度剑南、镇守成都的严武卒。严武是他好友，曾状朝廷擢甫为工部员外郎、参谋军事，及武卒，甫无所依，而川中军人的争夺与祸乱，亦已见其端倪，杜甫知道环境不允许他在成都安居，他贫乏如旧，为了避祸，也为了找寻生活的凭藉，遂踏上征程。

到他五十九岁的死去，虽还有五个年头，这五年遑遑窘迫，旅况多艰。

他先至川东，原想从那里南下荆湘，但因身体衰迈多病，途中随时停止，以寄寓夔州的时间较长，约有两年，大历三年（768 年）去夔出峡，至江陵，再时止时行，经公安入今湖南境，然后渡洞庭，入湘江，到潭州（长沙）及衡州，浮舟泛宅，几乎完全凭水为家。大历五年（770 年）在湖南耒阳，“一夕大醉卒”，元微之撰《杜工部墓志铭》云：“扁舟下荆楚间，竟以寓卒”。

这一段艰苦的漂泊生活，时有日暮途穷，无家可归之叹，沿途作《秋日荆南述怀》，句云：“伏枕因超忽，扁舟任往来”。又云：“苦摇求食尾，常曝报恩鳃。……饥借家家米，愁征处处杯。休为贫士叹，任受众人咍”。

又《舟出江陵南浦，奉寄郑少尹审》，有句云：“更欲投何处，飘然去此都。形骸元土木，舟楫复江湖。社稷缠妖气，干戈送老儒。百年同弃物，万国尽穷途。……栖托难高卧，饥寒迫向隅。寂寥相煦沫，浩荡报恩珠。……”

物质拮据，精神寂寞，他说：“齿落未是无心人，舌存耻作穷途哭”。更可怕的为病魔所扰，在夔州《寄韩谏议》，有云：“身欲奋飞病在床”。

勉强支持了两三年，在耒阳醉后结束生命。酒是杜甫所爱，但何以最后会因酒醉而暴卒？笔者在下面《诗人与酒》一文，采傅乐成教授之说，盖杜甫素有高血压之症，暴饮而脑溢血，亦即中风而死。

高血压已非一日

这臆断也许很近事实，细玩杜甫所作诗篇，他自己说到高血压的病象，已非一日，早数年居成都草堂之时，《遣闷奉呈严公二十韵》，中有句云：“老妻忧坐痹，幼女问头风”。

高血压而轻度中风，可以引起部分肢体麻木，而时有头目昏眩之象，杜甫谓之“痹”，谓之“头风”。

在这次旅行之前，更有“愁卧病脚废”以及“身病不能拜”等句，说他腿脚麻痹之象，在这次旅途中，也是死的那一年春天，《小寒食舟中作》云，“春水船如天上坐，老年花似雾中看”。因为头晕而增加了小舟荡漾的感觉。《清明》两首之二云：“此身飘泊苦西东，右臂偏枯半耳聋。寂寂系舟双下泪，悠悠伏枕左书空。”麻痹不限于脚，连右臂也偏枯不仁。

杜甫晚年，自己说，“苦恨耳多聋”，又云，“耳聋须画字”，聋得须以笔代口，情形很严重。

其《送高司直》诗，句云："我病书不成，成字读亦误"，则两手亦有颤抖之病，写字不能控制笔画，成字而别人不能辨认清楚。

他"眼暗"之疾，开始亦较早，句云："眼复几时暗，耳从前月聋"。视觉不明，所以有雾中看花的感觉。

后于杜甫的白乐天，晚年亦有头目晕眩，肢体麻痹的风疾，两人可能是同病。乐天于开成四年（839 年）作病中吟，序曰："开成己未岁（840 年）余蒲柳之年，六十有八，冬十月甲寅旦，始得风痹之疾，体瘝目眩，左足不支"。乐天所说风痹之疾是突然而来的。可能也因高血压而脑中微血管破裂，轻度中风，遂使左足不支。

古诗人艰于步履的，还有陶渊明。梁昭明太子所作陶传，云渊明于归隐之后，"江州刺史王宏欲识之，不能致也。渊明尝往庐山，宏命渊明故人庞通之，赍酒具于半道栗里之间要之。渊明有脚疾，使一门生二儿舁篮舆，既至，欣然便共饮酌，俄顷宏至，亦无忤也"。

篮舆不是轿子，其形制难考，唯宋画家李龙眠，绘《渊明篮舆图》，是一个方形的筐箩，边不高，四角系绳，绳聚于顶，纳一竿，乘者坐筐中，前二人后一人舁之而行。

渊明与江州刺史饮酌的故事，梁任公《陶渊明年谱》，系于义熙十四年（418 年），时渊明四十七岁，则可知渊明不良于行的"脚疾"，得病的年龄较杜甫、白乐天为早，也许病因也未必相同。

缠绵数十年的旧疾

杜甫幼年健康活泼，他于上元二年（761 年）五十岁的时候，作《百忧集行》。他说："忆年十五心尚孩，健如黄犊走复来。庭前八月梨枣熟，一日上树能千回。即今倏忽已五十，坐卧只多行立少。"

他从弱冠之年到三十左右，浪迹天下，初游三晋，东下姑苏，渡浙江，复往来于梁宋齐鲁，留有《壮游》、《昔游》等诗，兴会淋漓，绝无后来迁徙流离时的苦痛呻吟，可见那时他游兴酣浓，健康是良好的。

他三十岁的时候，作客临邑，多雨而黄河有泛滥之虞，寄诗其弟，句云："吾衰同泛梗，利涉想蟠桃"。大约他开始有了体力衰退的感觉，但接着说，"依赖天涯钓，犹能掣巨鳌"，虽是为了宽其弟之心，但还具备着希望的豪气。

几年以后，开始负病了。大历元年（766年）杜甫五十五岁寄寓川东夔州的时候，尝作五言古风，题曰《客堂》，有句云："旧疾廿载来，衰年得弱足。死为殊方鬼，头白免短促"。可见足疾是老年时期发生的，但旧疾廿载，往前推算，则三十五六岁即开始此缠绵二十年的旧病。究竟是什么旧病呢？天宝十三载（754年），《进封西岳赋表》有云：

> 岂意头白之后，竟以短篇只字，遂曾闻彻宸极，一动人主，是臣无负于少小多病，贫穷好学者已。……况臣常有肺气之疾，恐忽复先朝露，涂粪土。

天宝十三载，杜甫四十三岁，说他常有肺气之疾，"常有"二字，意谓病非一朝一夕，参证"旧疾廿载来"之句，旧疾很可能指的就是所谓肺气。杜甫以后的诗，直至晚年，时时说及"肺气"，如：

"为吾谢贾公，病肺卧江沱。"

"衰年病肺惟高枕，绝塞愁时早闭门。"

"江涛万古峡，肺气久衰翁。"

所谓"肺气"，是不是后世所称的"肺结核"？仅能说疑似而已，不过他晚年《别李义》诗，句云："莫怪执杯迟，我衰涕唾烦"，涕唾烦也许指的是"痰多"，病在呼吸器官，必然是没有问题的。

但是一首《同元使君春陵行》，句云："我多长卿病，日夕思朝庭。肺枯渴太甚，漂泊公孙城"。

司马相如的消渴病，现代医学说起来，即"糖尿病"，杜甫自比长卿，且谓"肺枯渴太甚"，是否还有长卿之病，只能书之存疑而已。

杜甫说他肺气之疾的原因，云："峡中一卧病，疟疠终冬春。春复加肺气，此病盖有因。早岁与苏郑，痛饮情相亲。二公化为土，嗜酒不失真。"

他一生嗜酒，却从未有过戒酒的打算。这里并且提到"疟疠"之疾，这是杜甫另一种长期性疾病，容于下文言之。

辛苦其生　清癯其貌

安禄山反于天宝十四载（755 年），明年陷长安，兵荒马乱，举国沸腾，杜甫时年四十四及四十五岁，以后数年，他奔走于京师、凤翔、鄜州、华州、东都之间，中曾一度陷贼，备尝辛苦，乾元二年（759 年）西行度陇，取道秦州，自同谷入蜀，他已四十八岁了。乱离中复遭饥馑，他在同谷虽仅有短时期的寄寓，衣食不给，甚至拾橡栗以维生命，这当然使他的疾病加剧。他有《寓居同谷七歌》，一歌云：

> 有客有客字子美，白头乱发垂过耳。岁拾橡栗随狙公，天寒日暮山谷里。中原无书归不得，手脚冻皴皮肉死。呜呼，一歌兮歌已哀，悲风为我从天来。

前两年，至德二载（757 年），杜甫从贼中窜归奉翔行在，其《述怀》五古，开端云："去年潼关破，妻子隔绝久。今夏草木长，脱身得西走。麻鞋见天子，衣袖露两肘。朝廷愍生还，亲故伤老丑"。

同时期，《喜达行在》五言律句云，"所亲惊老瘦，辛苦贼中来"。

杜甫形貌，究竟是瘦的还是胖的？历来有不同的说法。人的体态，一生数十年间，可能随环境际遇及健康良窳而变化。

据何平斋《春明梦华录》云："李白面白而须稀，杜甫面黑而胖"。留传至今，明代张骏模南薰殿本《杜拾遗像》，据近人张秉权所见复行本，谓"老杜的相貌，显得颇为清癯"。

我们不能说，两说有何矛盾，也许所指的年岁不同，而留下肥瘦不同的印象。不过，杜甫中年以后身体多病而境遇困穷，则一生大部分时期不可能肥胖，而是清瘦的，正如自己诗中所说："肉瘦怯豺狼"。李太白《戏子美》诗云："借问别来太瘦生，只为从前作诗苦。"

对医药很有兴趣

杜甫《病后遇王倚饮赠歌》，描写他所患疟疾的病况，句云：

> 酷见冻馁不足耻，多病沉年苦无健。王生怪我颜色恶，答云伏枕艰难遍。疟疠三秋孰可忍，寒热百日交相战。头白眼暗坐有胝，肉黄皮皱命如线。

这首诗，历来传记家，大都考定其为天宝十三载（754 年），也是杜甫四十三岁时作。则其疟疾的开始，尚在天宝之乱的前一年。

此病一直没有根治，以后时发时愈，上面所引"峡中一卧病，疟疠终冬春"，乃是晚年在川东所作，时年五十五或五十六，此病亦缠绵甚久，也是消耗他体力和促其衰惫的原因之一。

杜甫作品中，曾说到卖药、采药、种药等事，他对医药似乎很有兴趣，也具备一些知识。有一时期，且靠卖药，以助生计。

天宝十载（751 年），献《三大礼赋》，表文云：“顷者卖药都市，寄食朋友。”

乱后自陇入蜀，中途在秦州小住，作《秦州杂诗》，有“采药吾将老”、“晒药能无妇”等句。

上元、宝应以至广德，他居住成都浣花草堂的五六年间，曾于草堂园中，开辟药圃，栽种药草。《高柟》诗云：“近根开药圃，接叶制茅亭。”《有客》诗云：“不嫌野外无供给，乘兴还来看药栏”。

后来到了夔州，也有“高斋依药饵，绝域改春华”，及“晒药安垂老，应门试小童”之句。

谚云，久病成名医，然而杜甫医药的兴趣和知识，对于他的健康仍少帮助，不过“种药扶衰病，吟诗解怨嗟”而已。

诗人之居

万里桥西一草堂

“清江一曲抱村流，长夏江村事事幽。自去自来堂上燕，相亲相近水中鸥。老妻画纸为棋局，稚子敲针作钓钩。多病所须唯药物，微躯此外更何求。”

此杜甫夏日居成都西郊浣花溪畔“草堂”所作之诗。其时除了身体仍欠健康外，闲情逸致，为他一生极少享受到的安定生活。自天宝十四载（755年），安禄山作乱后，甫间关秦陇。《旧唐书》谓：“时关畿乱离，谷食踊贵，甫寓居成州同谷县，自负薪采梠，儿女饿殍者数人。”困厄艰窘，境况十分凄苦。

后来，听说他的朋友裴冕做了成都尹，为欲得朋友的照顾，乃自陇右入蜀，到了成都，其时为乾元二年（759年），于是有“草堂”的经营。

杜诗云：“经营上元始，断手宝应年。”按上元元年为公元760年，宝应元年为公元762年，其间经过了两三个年头，才完成草堂的建造。《堂成》诗有句云：“频来语燕定新巢。”则落成大约是在宝应元年的春天。

"草堂"并不是什么辉煌富丽的建筑，杜诗谓"柴门古道旁"，"江涨柴门外"，连木门都做不起，简陋可知。何以建造需时如此之久？盖因贫窭无赀，要靠亲友一点一滴的帮助，自然无法速成的。集中有《王十五司马弟，出郭相访，兼遣营茅屋赀》，句曰："忧我营茅栋，携钱过野桥"。还有一位朋友王录事，答应了资助，并未履约，于是杜老戏为诗曰："为嗔王录事，不寄草堂赀。"因人而成，经营之难如此。

茅屋虽陋，环境却得水木清幽之胜。杜诗云："万里桥西一草堂，百花潭水即沧浪。"《华阳国志》谓"郡治少城西南有七桥，直西门埤江南渡流，曰万里桥。"又《寰宇记》谓"杜甫宅，在成都西郊外，地属犀浦，接浣花溪，名百花潭。"数十年后，这潭畔还住过一个名女人——薛涛，薛居潭旁，以潭水造纸，作十色笺，李义山咏之，句云："浣花笺纸桃花色"。

附近有一个六朝古寺——草堂寺。李德裕《记益州寺观名胜》有云："益州草堂寺……在府西七里，去浣花亭三里，草堂寺自梁有之。……甫卜居浣花里，近草堂寺，因名。"

遍检杜集的吟咏，草堂风景，有水而无山，所谓"舍南舍北皆春水，但见群鸥日日来"。草堂几间茅屋，杜甫死后，自然不久就荒烟蔓草，形迹无存。胡宗愈于宋元祐间，作《成都新刻草堂先生诗碑序》曰："先生故居，松竹荒凉，略不可记"。但杜工部祠，即建在草堂旧址，至今留存，笔者无缘瞻仰，所谓"有水无山"的印象，乃得自书本，不知后世复有"雪里江船渡，风前径竹斜。寒鱼依密藻，宿鹭起圆沙"之景否？

草堂的花木，大都为杜老所栽种，集中向友朋索取花木的诗甚多：

"奉乞桃栽一百根，春前为送浣花村。"此向萧八明府觅桃栽。

"华轩蔼蔼他年到，绵竹亭亭出县高。江上舍前无此物，幸分苍翠拂波涛。”觅绵竹于韦二明府。

“草堂堑西无树林，非子谁复见幽心。饱闻桤木三年大，与致溪边十亩阴。”向何少府乞桤木。

“欲存老盖千年意，为觅霜根数寸栽。”觅松树苗于韦少府。

“草堂少花今欲栽，不问绿李与黄梅。”乞果树于徐少卿之句也。

居住时间仅有年余

杜甫经营草堂之辛勤如此，然而他在草堂居住的时间极为短促。据杜诗钱收斋笺所附《少陵先生年谱》：在草堂经始的次年，即上元二年（761 年）杜甫的好友严武节度剑南，镇守成都，在草堂落成的当年，宝应元年（762 年）七月，甫送严武还朝，到绵州，未几，徐知道之乱，因入梓州，冬，复归成都，迎家至梓，后再迁阆州。

然而在羁旅之中，杜甫的心却时常惓惓于草堂的。其《遣第检校草堂》诗曰：“鹅鸭宜常数，柴荆莫浪开。”又《寄题草堂》云：“尚念四松小，蔓草易拘缠。”《送韦郎归成都》曰：“为问南溪竹，抽梢合过墙。”

在梓州阆州住了约二年，到广德二年（764 年）严武再镇蜀，甫于是年春晚返成都，归草堂。有诗曰：“不忍竟舍此，复来薙榛芜。入门四松在，步屧万竹疏。”

此一时期，杜甫的心境大约比较愉快，是年六月，严武表甫为“节度参谋检校工部员外郎”，还有些俸禄收入，以济困穷。可是好景不长，第二年，即永泰元年（765 年）四月，严武卒。杜甫于五月离草堂东行，从此即与草堂永别了。以后还有五年多的时间，漂泊于今日的川东、湖北、湖南各地。至大历五年（770年），在湖南的耒阳，一夕大醉卒。

自草堂落成，以至永泰元年的永别，杜甫有此草堂者仅四年，而其中一大半的时间，居梓州阆州，他得在草堂安享闲适清福，不过约一年多的短短岁月而已。

深林幽谷景色佳胜

王维（摩诘）的辋川别业，为唐代另一著名的诗人之居。王维与杜甫同时代而年长于甫，两人是朋友，集中各有唱和或相赠之作，但在杜甫筚路蓝缕经营他草堂的翌年，即上元二年（761年），王维逝世了，时年六十一岁。王维死年，《旧唐书》作乾元二年（759年）、上元二年之说，系据赵松谷所撰年谱，盖集中尚有系尾书上元二年五月四日所作之诗。

辋川在长安附近蓝田县境，山水绝胜。据《陕西通志》："辋川在蓝田县南峣山之口，去县八里。川口为两山之峡，随山凿石，计五里许，路甚险狭，过此豁然开朗，村野相望，蔚然桑麻肥饶之地。四顾山峦掩映，似若无路，环转向南，凡十三区，其美愈奇。王摩诘别业在焉。"

山为终南一脉，王维集中，或称辋川为终南别业，深林幽谷，清流曲绕，广袤和气魄非杜甫的草堂可比。佳胜之景甚多，王维与其友人裴迪，以五言绝句咏游止之处，各二十首，裒为《辋川集》，维自序曰：

> 余别业在辋川山谷，其游止有孟城坳、华子冈、文杏馆、斤竹岭、鹿柴、木兰柴、茱萸沜、宫槐陌、临湖亭、南垞、敧湖、柳浪、栾家濑、金屑泉、白石滩、北垞、竹里馆、辛夷坞、漆园、椒园等，与裴迪闲暇，各赋绝句云尔。

其中若干字汇，今日已少用到，也许需要解释，据赵松谷的王诗笺注："柴"，栅也，别墅有篱落者谓之柴；"泮"，古文泮字，水泮植有茱萸曰茱萸泮；"垞"，小丘也。

这四十首绝句，写景抒情，悠然意远，文繁不具引。山水亭馆，名目众多，可以想见风物之美，宋人黄思伯作《东观余论》，谓："辋川二十境，胜概冠秦雍"，当非虚誉。

王维《山中与裴迪秀才书》，在短短的篇幅里，最能道出辋川景色的诗情画意，略云：

……北涉元灞，清月映郭，夜登华子冈，辋水沦涟，与月上下，寒山远火，明灭林外。深巷寒犬，吠声如豹，村墟夜舂，复与疏钟相间。此时独坐，僮仆静默，多思曩昔携手赋诗，步仄径，临清流也。当待春中草木蔓发，春山可望，轻鲦出水，白鸥矫翼，露湿青皋，麦陇朝雊，斯之不远，傥能从我游乎？……

辋川山居名句，《王维集》中掇拾即是："雨中草色绿堪染，水上桃花红欲然。""寒山转苍翠，秋水日潺湲。""波头余落日，墟里上孤烟。""漠漠水田飞白鹭，阴阴夏木转黄鹂。"良以山中景色，早晚不同，四季有别，变化无穷。

辋川别业原为宋之问所有，宋于武后时为"宸内供奉"，媚附张易之。中宗时坐"赇饷狼籍"贬，睿宗时流岭南赐死。此一贪官的"污产"，不仅景色不让仙境，建筑自亦宏丽。如何及何时转到王维手中，史无可考，仅王维诗曰："中岁颇好道，晚家南山陲"，非早年可知。

《云仙离记》云："王维居辋川，宅宇既广，山林亦远。"《王维集》中《请施庄为寺表》，自言山庄为"精舍"，可见其建筑不是杜甫草堂那样简陋的。

王维晚年，有时居长安，有时则居辋川别业。中年好道家思想，晚年又皈依佛法。《旧唐书》说他居常不茹荤血，晚年长斋，不衣文彩。妻亡不再娶，三十年孤居一室，斋中无所有，唯茶铛、药皿、经案、绳床而已。因为他屏绝尘累，所以有“施山庄为寺”之表。

自写《辋川图》

昔人谓诗为有声画，画为无声诗，王维诗得唐音之盛，尝自写《辋川图》，宋人谓王摩诘所作《辋川图》，“山峰盘回，竹木潇洒。其石小劈斧皴，梢多雀爪，叶多夹笔。描画人物，眉目分明，衣折丁头鼠尾。楼阁用界笔画，笔力清劲，曲尽精微，真如台阁文章，锵金戛玉，故尝在第一品也”。

《辋川图》是我国艺术史上的瑰宝，黄山谷谓造微入妙，“世有两本，一本用矮纸，一本用高纸”。

宋秦少游对摩诘此图，极感兴趣，所作《书辋川图后》云：

> 元祐丁卯，余为汝南郡学官，夏得肠癖之疾，卧直舍中。所善高符仲携摩诘《辋川图》视余，曰：阅此可以愈疾。余本江海人，得图喜甚。即使二儿从旁引之，阅于枕上，恍然若与摩诘入辋川……幅巾杖履，棋奕茗饮，或赋诗自娱，忘其身之匏系于汝南也。数日疾良愈。……

历代收藏和鉴赏家题跋此图者甚多，但到元朝虞集而后，见之著录的题识，仅及后人的临摹之本，想真迹已失传了。

白乐天的庐山草堂

杜子美浣花草堂的清流曲绕，王摩诘辋川别业的深林幽谷，诗人之居，往往得景色风物之美。在优美的景色风物之中，清风明月，矫日春林，更显得大自然的神奇妙化。刘彦和所谓“一叶迎意，虫声引心”。皆足以启发诗人心灵感应，构成美好诗篇。诗人求其居处的不同凡俗，实不止如白乐天所说，仅求“外适内和，体宁心恬”而已。

浣花草堂屋舍虽甚简陋，然必广征花木，点缀其间，使自然景色，益臻瑰丽。

白乐天《庐山草堂记》有云：“余自思，从幼迨老，若白屋，若朱门，凡所止，虽一日二日，辄覆篑土为台，聚拳石为山，环斗水为池，其喜山水病癖如此。”他的辛苦经营，也无非为了增加居处的诗情画意。

乐天的庐山草堂，山林泉石，不必人工点缀，风物天成，环境绝胜。他于贬谪江州司马的第三年，元和十二年（817 年）于庐山香炉峰下，构此草堂，草堂成，撰文为记。

竹树云山，飞泉崖石，以至草堂的结构，四时的阴晴显晦，都有细致描写，记曰：

“匡庐奇秀甲天下山，山北峰曰香炉，峰北寺曰遗爱寺。介峰寺间，其境胜绝，又甲庐山。元和十一年（816 年）秋，太原人白乐天见而爱之。若远行客过故乡，恋恋不能去。因面峰腋寺，作为草堂。明年春，草堂成。三间两柱，二室四牖，广袤丰杀，一称心力。洞北户，来阴风，防徂暑也。敞南甍，纳阳日，虞祁寒也。木斫而已，不加丹；墙圬而已，不加白。砌阶用石，幂窗用纸，竹帘纻帏，率称是焉。”

“堂中设木榻四，素屏二，漆琴一，张儒、道、佛书各三两卷。乐天既来为主，仰观山，俯听泉，傍睨竹树云石，自辰及酉，应接不暇。”

“是居也，前有平地，轮广十丈，中有平台，半平地。台南有方池，倍平台。环池多山竹野卉，池中白莲、白鱼。又南抵石涧，夹涧有古松老杉，大仅十人围，高不知几百尺，修柯戛云，低枝拂潭，如幢竖，如张盖，如龙蛇走。松下多灌丛，萝茑叶蔓，骈枝承翳，日月光不见地，盛夏风气如八九月时。下铺白石，为出入道。堂北五步，据层崖积石，嵌空垤块，杂木异草，盖覆其上，绿阴蒙蒙，朱实离离，不识其名，四时一色。”

“又有飞泉、植茗，就可以烹燀，好事者见，可以永日。堂东有瀑布，水悬三尺，泻阶隅，落石渠，昏晓如练色，夜中如环珮琴筑声。”

“堂北倚北崖石趾，以剖竹架空，引崖上泉，脉分线悬，自檐注砌，累累如贯珠，霏微如雨露，滴沥飘洒，随风远去。”

“其四傍耳目杖履可及者，春有绵绣谷花，夏有石门涧云，秋有虎谿月，冬有炉峰雪。阴晴显晦，昏旦含吐，千变万状，不可殚记。”

“身出草堂心不出”

乐天左迁江州之初，情绪不免伤感忧怨，后来逐渐向闲适旷达转变，迄草堂成，在优美的山水间，寄意于诗酒，恬退保和，以至终身无闷。

他所作《新置草堂，即事咏怀，题于石上》，可以略见情怀，诗有云：

> 左手携一壶，右手挈五弦。……兴酣仰天歌，歌中聊寄言。言我本野夫，误为世网牵。时来昔捧日，老去今归山。倦鸟得茂树，涸鱼反清

源，舍此欲焉往，人间多险艰。

又，《香炉峰下，新卜山居，草堂初成，偶题东壁》五首之一云：

日高睡足犹慵起，小阁重衾不怕寒。遗爱寺钟欹枕听，香炉峰雪拨帘看。匡庐便是逃名地，司马仍为送老官。心泰身宁是归处，故乡何独在长安。

然而乐天居庐山草堂，尚不足两年，《庐山草堂记》云："时三月二十七日始居新堂"，是为元和十二年（817 年），明年十二月奉朝命除忠州刺史，又明年春，自江州浮江上峡，三月二十八日到忠州任。

临别草堂，赋三绝句，其中两首曰：

久眠褐被为居士，忽挂绯袍作使君。身出草堂心不出，庐山未要勒移文。

三间茅舍向山开，一带山泉绕舍回。山色泉声莫惆怅，三年官满却归来。

三年归来的愿望是没有实现的，乐天在忠州约两年，元和十五年（820 年）冬，召为司门员外郎，奉诏回京，明年，长庆元年（821 年）由朝散大夫转上柱国，拜中书舍人知制诰，在长安东城新昌坊购置一旧宅。新昌近曲江，南望秦岭，虽在城市，地偏坊远，加以修葺，布置庭院，不乏清幽之趣。

乐天《新昌书事四十韵》，有云：

市街尘不到，宫树影相连。省吏嫌坊远，豪家笑地偏。……等闲栽树木，随分占风烟。逸致因心得，幽期遇境牵。松声凝涧底，草色胜河边。虚润冰销地，晴和日出天。……帘每当山卷，帷多待月褰。篱东花掩映，窗北竹婵娟。……

此居尤以北窗之竹，最饶幽趣，乐天记之以诗，云："今春二月初，卜居在新昌。……开窗不糊纸，种竹不依行。意取北檐下，窗与竹相当。绕屋声淅淅，逼人色苍苍。烟通香霭气，月透玲珑光。……"

绿水清波景色玲珑

长庆二年（822 年），乐天卜居新昌坊的第二年，除杭州刺史。约二年秩满去杭，时为长庆四年（824 年），除左庶子，分司东都，在洛阳履道里购得故散骑常侍杨凭的居宅。此宅比较宽广，竹树花木，绿水清波，点缀其间，景色玲珑。他平生从仕，此时方积有余俸，买得此宅，其《移家诗》云："移家入新宅，罢郡有余资"。然价尚不敷，以两马足之。《洛下卜居》诗注云："贾宅价不足，以两马偿之。"

履道里在洛阳东南隅，乐天自云："都城（东都洛阳）风土水木之胜，在东南偏，东南之胜，在履道里，里之胜在西北隅，西闬北垣第一第，即白氏叟乐天退老之地。地方十七亩，屋室三之一，水五之一，竹九之一，而岛树桥道间之"。

他又有《履道新居二十韵》，句云："履道坊西角，官河曲北头。林园四邻好，风景一家秋。门闭深沉树，池通浅沮沟。拔青松直上，铺碧水平流。篱菊黄金合，窗筠绿玉稠。……"

次年（825 年）三月，又有除苏州刺史之命，在苏州为郡守一年，北返后，召为秘书监，继除刑部侍郎，要到太和三年（829 年）以病免官，除太子宾客分司东都，方定居洛阳履道之宅，时年五十八，到七十五岁逝世，一直没有再离洛阳，中间曾除河南尹，但仍以洛阳为家。

履道之宅，尤以池水为胜，免刑部侍郎，东归洛居之后，乐天吟有《池上篇》，其序备言居此宅的晚年悠闲生活。略云：

> 太和三年夏，乐天始得请为太子宾客，分秩于洛下，息躬于池上。……每至池风春，池月秋，水香莲开之旦，露清鹤唳之夕，拂杨石，举陈酒，援崔琴，弹《秋思》，颓然自适，不知其他。酒酣琴罢，又命乐童登中岛亭，合奏《霓裳散序》，声随风飘，或凝或散，悠扬于竹烟波月之际者久之，曲未竟，而乐天陶然石上矣。

唐代诗人的家妓

雨枝杨柳伴醉翁

唐代士大夫，有一种后世久已绝迹的娱乐，即所谓“家妓”。家妓为私家所有，年轻美貌，能歌善舞，以侍奉主人，或在款待宾客的时候，交际应酬，周旋侑觞。

家妓之中，且不乏雅擅词章，为文人学士所称道。白乐天有《和燕子楼》诗，《燕子楼》原诗，为盼盼所作，乐天称之“词甚婉丽”，序有云：“盼盼者，徐州张尚书之爱妓也”。

乐天本人也有家妓，而且不止一人。宋尤袤《全唐诗话》云：“乐天赋诗有曰：‘樱桃樊素口，杨柳小蛮腰。’”并云，樊素善歌，小蛮善舞，皆乐天家妓。此诗为集中所无，唯樊素之名则为白氏诗文所屡见。其《不能忘情吟》序曰：“妓有樊素者，年二十余，绰绰有歌舞态，善唱杨柳枝，人多以曲名名之。”乐天另有《杨柳枝》词八首及《杨柳枝二十韵》，后一诗自注曰：“杨柳枝，洛下新声也。洛之小妓有善歌者，词章音韵，听可动人，故赋之”。此诗大约在樊素未归乐天时作，赋以相赠者，故最后数句云：“曲罢那能别，情多不自持。缠头无别物，一首断肠诗”。

白氏集中，既不见“杨柳小蛮腰”之诗，有人就怀疑并没有小蛮其人，也有人认为小蛮即樊素，二而为一。《云溪友议》及《本事集》二书皆云：“白公年迈小蛮方丰艳，因为杨柳枝以寄意曰：一树春风万万枝，嫩于金色软于丝。永丰坊里东南角，尽日无言属阿谁？”柳枝即樊素，见前引《不能忘情吟》序，且谓绰绰有歌舞态，则樊固善舞，上引《云溪友议》，言小蛮之名而亦曰以杨柳枝寄意，或小蛮为樊素别名，岂为一人耶？

按，刘梦得有《寄赠小樊》诗云：“终须买取名春草”。又乐天《喜见刘同州》诗云：“应须为春草，五马立踟蹰”，梦得答云：“今朝停五马，不是为罗敷”。注云：“前章所言春草，白君之舞妓也。”

此处又出一“春草”之名，“春草”是否即“小樊”，为“柳枝”另一别名？抑“春草”亦姓樊，因之呼为“小樊”，而非樊素乎？“春草”、“柳枝”、“小蛮”、“小樊”、“樊素”五个名字，仅是一人，或是两人乎，三人乎？这是很难臆断的。

宋陈直斋作《白文公年谱》云乐天诗：“菱角执笙簧，谷儿抹琵琶。红绡信手舞，紫绡随意歌。注云：菱、谷、红、紫，皆小蛮名也。”此处明明四人，一笙簧，一琵琶，一舞一歌，谓之皆小蛮名，显然是错误的。

但白乐天歌妓不止一人，乃是无可怀疑的事实。其《别柳枝诗》云：“两枝杨柳小楼中，婀娜多年伴醉翁。”两枝杨柳，当非一人。《旧唐书》白传谓：“（开成）四年（839年）冬，得风疾，伏枕者累月，乃放诸妓女樊素等。”所放非一人甚明。

诗人的别姬卖马

“放妓”一事，是乐天晚年一件伤心事。乐天死于会昌六年（846 年），年七十五岁。放妓是在开成五年（840 年）年六十九。（《旧唐书》谓四年，是不甚正确的，下详。）乐天自太和三年（829 年）年五十八岁归洛阳，以“太子宾客，分司东都”，中间一度出任河南尹，一直到死凡十余年都是以洛阳为家。认识樊素，并纳为家妓，即在归洛之初，樊素侍乐天者凡十年。《不能忘情吟》述樊素临别之言曰：“素侍主十年，凡三千有六百日。”

乐天所以放妓，论者有二说，一谓病，二谓贫。实恐二事都有关系。他于开成四年（839 年）冬十月，得风痹之疾，所作《病中诗》序云：“开成己未岁，余蒲柳之年，六十有八，冬十月甲寅旦，始得风痹之疾，体瘝目眩，左足不支”。头目晕眩，肢体麻痹的风疾，和杜甫晚年所患的是同样疾病，以现代医学观点说起来是高血压现象，可能经过脑中微血管的破裂，轻度中风痹，而使“左足不支”。陈寅恪谓：“既然生理的不可能有妓乐，患了风痹，当然遣妓。”

也有人说，乐天晚年致仕后，生活不甚宽裕，亲友每慰问其贫乏，乐天答诗云：“烦君问生计，忧醒不忧贫”。又曰：“尊有陶潜酒，囊无陆贾金。”遣妓之后，尝有诗云：“虽贫眼下无妨乐，纵病心中不与愁。”更有“定酒典朝衣”、“抽衣当药钱”等句，典衣而换酒买药，其拮据可知，当然养不起家妓了。

乐天《病中诗》十五首，中有《卖骆马》及《别柳枝》二绝句。《卖骆马》云：“五年花下醉骑行，临卖回头嘶一声。项籍顾骓犹解叹，乐天别骆岂无情!”《别柳枝》云:“两枝杨柳小楼中,婀娜多年伴醉翁。明日放归归去后,世间应不要春风。”

遣妓而同时卖马,可能因病不能骑,也可能因贫穷二者不能不同时割爱。

春随樊素一时归

刘梦得有《和乐天别柳枝》诗云:“春尽絮飞留不得,随风好去落谁家。”乐天戏答云:“柳老春深日又斜,任他飞向别人家。谁能更学孩童戏,寻逐春风捉柳花。”

观此诗,乐天遣妓似还达观,然而美人名马,一时并去,读他的《不能忘情吟》,似乎比楚霸王垓下的死别,更要凄惨。此诗并序,上面已摘引数句,为了解乐天的情怀,再录全文如次:

“乐天既老,又病风。乃录家事,会经费,去长物。妓有樊素者,年二十余,绰绰有歌舞态,善唱杨柳枝,人多以曲名名之,由是名闻洛下,籍在经费中,将放之。马有骆者,駔壮骏稳,乘之亦有年,籍在经物中,将鬻之。圉人牵马出门,马骧首反顾一鸣,声音间似知去而旋恋者。素闻马嘶,惨然立且拜,婉娈有辞(辞具下)。辞毕,泣下,予闻素言,亦愍默不能对,且命回勒反袂,饮素酒,自饮一杯,快吟数十,声声成文,文无定句,句随吟之短长也。凡二百五十五言。噫!予非圣达,不能忘情,又不至于不及情者,事来搅情,情动不可柅,因自哂题其篇曰《不能忘情吟》吟曰:

“鬻骆马兮放杨柳枝,掩翠黛兮顿金羁。马不能言兮长鸣而却顾。杨柳枝再拜长跪而致辞。辞曰:主乘此骆五年,凡千有八百日。衔橛之下,不惊不逸。素事主十年,凡三千有六百日。巾栉之间,无违无失。今素貌虽陋,未至衰摧。骆力犹壮，又无虺聩。即骆之力，尚可以代主一步；素之歌，亦可以送主一杯。一旦双去，有去无回。故素将去，其辞也苦；骆将去，其鸣也哀。此人之情也，马之情也。岂主君独无情哉？予俯而叹，仰而咍，且曰：骆，骆，尔勿嘶，素，素，尔勿啼。骆反厩，素反闺。吾疾虽作，年虽颓，幸未及项籍之将死。何必一日之内，弃骓兮而别虞兮？乃目素兮素兮，为我歌杨柳枝，我姑酌彼金罍，我与尔归醉乡去来。"

欲舍而不忍，不忍而又不能不舍。乐天晚年栖心梵释，遁迹老庄，虽自以为外形骸而内忘忧恚，在这一种考验关头，也不能不自叹"予非圣达，不能忘情"了。

在作病中诗及此吟的开成四年（839 年）冬，樊素欲放而复留，直到次年春天，他有《春尽日宴罢感事独吟》之诗，句云："病共乐天相伴住，春随樊素一时归"。自注谓："开成五年（840 年）三月三十日作。"到了此时，才真正演出别姬一幕，而柳枝竟去了。

此老个中兴复不浅

近代治史，有"以诗证史"之说。诗人吟咏，每反映其所处时代，而作者行谊，自其作品中参稽抉剔，所得资料，往往较史传所言，更为真切。

然诗人作品真率而少讳饰，如白乐天者，并不多见。绅士们衣冠整齐，自顶至踵，遮盖得愈周密，愈少暴露，自觉愈为得体，深恐皮肉上的疤斑为别人看见。很多诗人的作品，伪善则渲染夸张，失德则隐晦歪曲，或口是心非，言行两歧，此以诗证史之所以不可不慎，必须广征博引，细心参核，倘仅掇拾一二篇章，是不能见其真面目的。

年长于白乐天，而与白乐天同时代的名作家韩愈（退之），就是一个言不符行的明显例子。

明胡震亨《唐音癸签》云："退之学道人也。"元人辛文房《唐才子传》，说他"继道德之统，明列圣之心"。如果从退之的言论文章去看，辟佛老，崇儒学，上面的评语，都是对的。然而他是言行不一致的人，他的行为，却并不是这样的道貌岸然。

宋人《西清诗话》，谓张文潜一日曾与苏东坡谈退之诗："长安众富儿，盘馔罗膻荤。不解文字饮，惟能醉红裙。"从这首诗，可以看出退之对当时征歌选舞、红袖侑觞的奢靡风气，大有深恶痛疾之慨。所以东坡说："疑若清苦自饰者。"然退之更有一诗，句云："艳姬踏筵舞，清眸射剑戟"，东坡很含蓄幽默地说："则知此老个中，兴复不浅"。

退之另有诗云："银烛未销窗送曙，金钗半醉座添香。"宋《许彦周诗话》云："殊不类其为人。"然而这是退之的真面目，在他那袭道德外衣的掩盖之下，有时也不免露出了狐狸尾巴。

巷柳欲飞园花幸在

王谠所撰《唐语林》云："退之二侍妾，一曰绛桃，一曰柳枝，皆能歌舞。"孔毅夫《杂说》亦云："退之晚年有声妓。"他且引张籍《哭退之》诗为证据。张诗有句："中秋十五夜，魄圆天差清。公既相邀留，坐语于阶楹。乃出二侍女，合弹琵琶筝。"毅夫并且加了一句按语："退之尝讥人不解文字饮，而自败于女妓乎？"

南宋胡仔《苕溪渔隐丛话》，谓退之尝离长安，次寿阳驿，《题吴郎中诗后》七绝寄意两姝。诗云："风光欲动别长安，春半边城特地寒。不见园花并巷柳，马头唯有月团团。"苕溪继称"逮归，柳枝逾垣遁去，家人追获，故《镇州初归》诗云：别来杨柳街头树，乱摆春风只欲飞。惟有小园桃李在，留花不发待郎归，自是专宠绛桃矣"。

言行矛盾又一实例

唐代士大夫好炼丹烧汞，服长生乐。韩退之是竭力反对的，于穆宗长庆三年（823年），作《李干墓志》，力诋当时服金石药欲生而死者名公数人，且云："余不知服食之说何自起，杀人不可计"。退之死于长庆四年（824年），所可异者他也是服金石药而送命的。这里又是他一个言行矛盾的实例。

白乐天《思旧》五古，透露了退之的死因。云："闲日一思旧，旧游如目前。再思今何在，零落归下泉。退之服硫黄，一病讫不痊。微之炼秋石，未老身溘然。杜子得丹诀，终日断腥膻。崔君夸药力，经冬不衣绵。或疾或暴夭，悉不过中年。……"

然清钱大昕《十驾斋养新录》，引《卫府君墓志》，谓卫晏次子，名中立，亦字退之，乐天诗中所说退之服硫黄，乃中立而非韩退之。钱氏此说，陈寅恪《元白诗笺证》驳其不足信，云："见于此诗之诗人，如元稹、杜元颖、崔群，皆当时宰相藩镇大臣，且为文学词科之高选。……若卫中立则既非由进士出身，位止边帅幕僚末职，复非当日文坛健者，断无与微之诸人并述之理，然则诗中之退之，固舍昌黎莫属矣"。

退之死于五十七岁，并非高年，因有"巷柳园花"的声色之累，体力难支，故不得不乞灵于金石之药。陶縠《清异录》，载退之"以硫黄饲鸡男食之，号曰火灵库”。火灵库为道家的房中药，目的在求其发挥类似今日男性荷尔蒙剂的作用，即白乐天《戒药》一诗，所谓“以之资嗜欲”者也。

《元白诗笺证》云：“陶为五代诗人，距元和长庆时代不甚远，其说当有所据。”

退之很爱惜名誉，但行不能符其言，于是怀着一种自卑心理。《唐语林》云：“韩愈病将卒，召群僧曰：吾不药，今将病死矣。汝详视吾手足支体，无诳人云，韩愈癞死也。”如果确非癞死，就没有人会说你癞死的，何必多此无中生有的关说。这种类似疯狂的神经过敏，岂非自疚而自卑的心理作祟吗?

诗人与酒

醺然陶然诗的境界

诗与酒有不解之缘，如果从历来诗人词客的作品去观察，他们很少与酒无缘，涓滴不饮的。只是爱酒的程度，酒量的大小，或有不同而已。醺然陶然，物我两忘，陶渊明《饮酒诗》所谓：“不觉知有我，安知物为贵。悠悠迷所留，酒中有深味。”饮酒本身就是诗的境界。

唐代诗人豪于饮者，前有李杜，后有白乐天，请自白乐天谈起。

宋方勺所撰《泊宅编》，曾把乐天诗集作过一番统计，他说：“白诗二千八百首，饮酒者九百首”。

乐天晚年自号醉吟先生。开成三年（828 年），六十七岁的时候，作《醉吟先生传》。传有云：

“性嗜酒，耽琴淫诗，凡酒徒琴侣诗客多与之游。游之外，栖心释氏，通小中大乘法。”

其《北窗三友》诗云：“琴罢辄举酒，酒罢辄吟诗。三友递相引，循环无已时。”《咏怀》诗云：“抱琴荣启乐，纵酒刘伶达。放眼看青山，任头生白发。”他说，此诗“吟罢自哂，揭瓮发醅，又食数杯，兀然而醉，复醒，醒复吟，吟复饮，饮复醉，醉吟相仍，乃若循环然，由是得以梦身世，云富贵，幕席天地，瞬息百年，陶陶然，昏昏然，不知老之将至，古所谓全于酒者，故自号醉吟先生”。

乐天的人生修养，旷达恬退，他六十三岁序其归洛后所作诗，自谓“皆寄怀于酒，或取意于琴，闲适有余，酣乐不暇，苦辞无一字，忧叹无一声”。酒、诗、琴三友的偏好，情有所寄，实是他乐观的妙谛，他在《醉吟先生传》中，有一番解释：“凡人之性鲜得中，必有所偏好，吾非中者也。……自适于杯觞讽咏之间，放则放矣，庸何伤乎？……若舍我所好，何以送老?”正如林语堂先生所说：“人生必有痴，必有偏好癖嗜。没有痴嗜的人，大半靠不住。而且变为索然无味，不知趣的一个人了。”

深于诗而多于情

林语堂先生又说：“太上忘情，虽然好，最妙还是未能忘情，最合人生。太上忘情，高是高了，人生就未免乏味。”

白乐天是未能忘情的，他虽说栖心释氏，通小中大乘法，然而并不像宗教家那样极端克欲制情。他的朋友王质夫，说他“深于诗，多于情”，从他的作品去看，不仅多情，而且一生甚难忘情于声色之好。

缱绻风流，多情多欲，就不免造成一些烦恼。他只能用他的偏好，诗、酒、琴，藉作疏导，移转一部分目标，不使自己放纵太甚，减轻声色之累。也许是求身心安泰的巧妙法门。

白氏集中赠妓之作，多至数十首。他中年做杭州刺史和苏州刺史的时候，和妓女的往还特别多，名字之见于诗篇者有高玲珑、谢好、陈宠、沈平、李娟、张态等。晚年退居洛下，家有妓妾。《醉吟先生传》有云："命小妓歌杨柳新词十数章，放情自娱，酩酊而后已。"

他处处留情，对于出家清修的女道士，也脉脉情深地吟之以诗，这虽是当时士大夫的风尚，而他语气之间，很有挑逗之意，虽不能说轻薄，但也谈不到庄重。他的《小女冠阿容》诗云："绰约小天仙，生来十六年。姑山半峰雪，瑶水一枝莲。晚院花留立，春窗月伴眠。回眸虽欲语，阿母在旁边。"《赠韦炼师》甚至有"共疑过去人间世，曾作谁家夫妇来?"之句。

更有趣的，他和家中婢女，似乎也脱出了寻常关系。有一婢出走，乐天曾作诗出榜招寻，事见《唐诗纪事》。有句云："旧恩惭自薄，前事悔难追。"前事难追，言外之意是不简单的。

酒债诗魔风情未消

白氏早年即研佛理。元和五年（810年），他三十九岁的时候，有《和梦游春一百韵》。《梦游春》为他的好友元微之所作，托诸梦游，咏其恋情艳遇。乐天和诗序中，以佛理析男女恋情之空幻，而作"返真归实"之劝，其言曰："与足下外服儒风，内宗梵行者有日矣。而今而后，非觉路之返也，非空门之归也，将安反乎，将安归乎？今所和者，其章旨卒归于此。……欲使曲尽其妄，周知其非，然后返乎真，归乎实。"和诗有句云：

> 欲除忧恼病，当取禅经读。须悟事皆空，无令念将属。请思游春梦，此梦何闪倏。艳色即空花，浮生乃焦谷。

乐天以此规劝朋友，可惜他对佛教只有学理上的认识，自己始终未能

“归真返实”。所谓“艳色即空花”，从他的诗篇看他的生活，终未能空。他有诗云：“生事纵贫犹可过，风情虽老未全消。”

乐天晚年放妓而不能忘情的情怀，正如他《对酒偶吟》诗中所说，“赖有杯中神圣物，百忧无奈十分何”。

乐天自谓：“栖心梵释，遁迹老庄。”他的知足恬退，确得力于老子之教，然而老庄哲学，尚有更深于知足者，他对佛学很有修养，但又未能忘情。从他的思想渊源说，是佛道杂糅，但严格言之，则非道非释。乐天的生活和作品，充满着浓郁的人情味。酒债诗魔，到死不能抛弃，而又“风情未消”，正因为此，他不是哲学家，更不是宗教家，使他成了垂名千古的大诗人。

“惟有饮者留其名”

唐代诗人，以李白（太白）、杜甫（子美）为冠冕。太白诗豪迈清逸，有飘然凌云之概，故称诗仙。子美闳深典丽，集诗家之大成，故称诗圣。两人同时，李白年长，相差十一岁，均早于白乐天，李白死于宝应元年（762 年），杜甫死于大历五年（770 年），白乐天诞生于大历七年（772 年），已在李杜二人的死后了。

乐天诗情辞切至，平易近人。三位诗人的作品风格虽不同，但是好酒善饮却是相同的。

李白的善饮几乎无人不知，所传他于醉后在采石矶跃江捉月而死的故事，虽早经证明是无稽的齐东野语，但他的爱好杯中物，确是事实。

他的《古风襄阳歌》有句云：“鸬鹚杓，鹦鹉杯，百年三万六千日，一日须倾三百杯。”《将进酒》云：“钟鼓馔玉不足贵，但愿长醉不愿醒。古来圣贤皆寂寞，惟有饮者留其名。”

杜甫《饮中八仙歌》说他：“李白一斗诗百篇，长安市上酒家眠。天子呼来不上船，自称臣是酒中仙。”豪于诗，亦豪于酒，诗仙即酒仙，二而为一。

至于杜甫本人，他的好酒善饮，似乎不若李白的著名，然而他最后却是死于酒的。

尝作《醉时歌赠郑虔》的杜甫，有句曰：“得钱即相觅，沽酒不复疑。忘形到尔汝，痛饮真我师。清夜沉沉动春酌，灯前细雨檐花落。但觉高歌感鬼神，焉知饥死填沟壑”。这类有关饮酒的好句，在杜集中多得不胜征引，而且他的酒量甚宏，他自己说：“酒尽沙头双玉瓶，众宾皆醉我独醒”。

甫一生坎坷，在烽火战乱中颠沛流离，晚年有一段不很长的时期，卜居于成都浣花草堂，物质境遇仍甚艰困，曾作“蜀酒禁愁得，无钱何处赊”之叹。亲朋知其所好，往往携酒相过，他每纪之以诗，诗情酒意，极酣畅淋漓之致。

牛肉白酒醉饱而死

他于代宗大历五年（770 年）客耒阳，“一夕大醉卒”，年五十九岁。关于杜甫死事的最早记载，当为元微之所作杜氏墓志铭，谓“扁舟下荆楚间，竟以寓卒，旅殡岳阳”。并未指明耒阳，更没有说出死的病因。《旧唐书·文苑传》，记载得比较详细：

> 甫以其家避乱荆楚，扁舟下峡，未维舟而江陵乱，乃溯沿湘流，游衡山，寓居耒阳。甫尝游岳庙，为暴水所阻，旬日不得食。耒阳聂令知之，自棹舟迎甫而还。永泰二年（767 年），啖牛肉白酒，一夕而卒于耒阳。

《新唐书》的记载，大致相同，文字上略有出入，云：

> 游岳祠，大水遽至，涉旬不得食，县令具舟迎之，乃得还。令尝馈牛炙白酒，大醉，一昔卒。

旧书所说杜甫死于永泰二年，这是一个显著的错误，杜集中有《大历三年春，白帝城放船出瞿塘峡四十韵》的长诗，如果永泰二年（766 年）死了，何来此篇？明人钱谦益考定“子美（大历）三年（768 年）下峡，由江陵公安之岳，四年（769 年）之潭，五年（770 年）之衡，卒于耒阳”。

新、旧《唐书》，给读者一个印象：杜甫饿了十天，吃了耒阳县令所送的牛肉白酒，突然饱醉而死。《新唐书》加“大醉”二字，点明他的死于酒。

一代大诗人，竟死于口腹之欲，其后钦爱杜甫的人，惋叹他死得有些不光荣，于是否定此醉饱之说。较杜甫稍后的李观，所作《杜甫传补遗》云：

> 公往耒阳，聂令不礼。一日过江上洲中，醉宿酒家，是夕江水暴涨，为惊湍漂没，其尸不知落于何处。洎玄宗还南内，思子美，诏天下求之。聂令积空土于江上曰：子美为牛肉白酒胀饫而死，葬于此矣。

他说杜甫死于急湍，“牛肉白酒”为聂令掩饰罪过所造的谣言。韩愈《题杜子美诗》：“……怨声千古寄西风，寒骨一夜沉秋水。当时处处多白酒，牛炙如今家家有，饮酒食炙竟如此，何故常人无饱死？……填空饫死已传闻，千古丑声竟谁洗？……”

玄宗死于肃宗宝应元年（762 年），死在杜甫之前，李文所谓玄宗诏求之说，荒诞可笑，不辩自明，而惊湍漂没，亦无佐证。韩诗仅提出一个问题，别人吃了牛酒不死，何以独杜甫遭饫死之厄，以为这是“千古丑声”。韩愈此诗不见其本集，李观也许摭拾了无稽传说，钱牧斋杜诗笺断定此一文一诗，皆是别人所伪托。曰："韩退之李元宾之伪诗伪传，三尺童子，皆知笑之。"且曰："当（甫）逆旅憔悴之日，涉旬不食，一饱无时，牛肉白酒，何足以为垢病，而杂然起为公讳?"

淹死之说，很难取信，然而杜集有一首五古《谢聂令的馈赠酒肉》。诗题曰："聂耒阳以仆阻水，书致酒肉，疗饥荒江，诗得代怀，兴尽本韵，至县呈聂令。陆路去方田驿四十里，舟行一日，时属江涨，泊于方田。"

于是有人说，若果醉饱而死，"岂复能为此长篇?"且该诗末句曰："开颜憩亭沼"，杜甫何以死得如此从容?

近人傅乐成教授，十数年前发表《杜甫的死》一文，他引唐文宗时人郑处诲所作的《明皇杂录》，对此疑问有一解释，他说聂令送给杜甫两次酒肉，一次在杜阻水遇救后，一次在杜"羁旅于衡州耒阳"时，所以杜甫无疑的并非死于阻水遇救后的当天晚上。《明皇杂录》云：

> 杜甫客耒阳，游岳庙，大水遽至，涉旬不得食，县令具舟迎之，令尝馈牛炙白酒。后漂寓湘潭间，羁旅于衡州耒阳，颇为令长所厌。甫投诗于宰，宰遂致牛炙白酒以遗甫，甫饮过多，一夕而卒，集中犹有赠聂耒阳诗也。

更值得注意的是：《明皇杂录》指出"饮过多"，和《新唐书》"大醉"二字合，都是说甫死于酒的。

杜甫一生多病，晚年有"风疾"，其《遣闷奉呈严公二十韵》，有句曰："老妻忧坐痹，幼女问头风"。肢体麻痹，头目晕眩的所谓"风疾"，傅氏据现代医学判断，乃是高血压的病象，高血压而饮酒过多，引起脑溢血，"一夕而卒"，也就不足为奇了。

酒能催诗，岂亦可催命乎?

恬退旷达的世故老人

情绪受极大打击

“世途倚伏都无定，尘网牵缠卒未休，祸福回还车转毂，荣枯反覆手藏钩。”

元和十年（815 年），白乐天由太子左赞善大夫，贬江州司马，出京赴任，在舟中作《放言》五首，以上所引，即放言之句，深慨乎世途险巇，祸福无定。元微之先有放言之作，乐天说他“韵高而体律，意古而词新”，并云，“予出佐浔阳，未届所任，舟中多暇，江上独吟，因缀五首，以续其意”。

乐天受朝中排挤，左迁江州，江州非蛮荒边远之地，不过官职稍稍低了一些，然而在他情绪上，却是一个极大的打击，两年后在浔阳所作的《琵琶引》，尚有“同是天涯沦落人”之叹。

在朝命发表之时，乐天忧心如焚，《旧唐书》白传说他“不以迁谪介意”，不是实情。他尝作《自诲》一首以自慰，句云：“人生百岁，七十稀。设使与汝七十期，今年已四十四，却后二十六年能几时？汝不思二十五六年来事，疾速倏忽如一寐，往日来日皆瞢然，胡为自苦于其间”。从此他的人生态度，就向闲适旷达发展，不忮求求，以忘怀处顺为修养。《自诲》最后一段说："而今而后，汝宜饥而食，渴而饮，书而兴，夜而寝，无浪喜，无妄忧，病则卧，死则休，此中是汝家，此中是汝乡，汝何舍此而去，身取其遑遑，遑遑兮欲安往哉，乐天乐天归去来。"

变成了世故老人

在以前，乐天的人生态度是积极的。元和四年（809 年），时年三十八岁，他和李公垂作《讽谕新乐府五十首》，凡九千二百五十二言，讥刺时事，而"取其病时之尤急者"为篇，"言直而切，事核而直"，"为君为臣为民为物而作，不为文而作也"。翌年，复有《秦中吟》十首。序云："予在长安，闻见之间有足悲者，因直歌其事，命为秦中吟。"且自云："闻秦中吟，则权豪贵近相目而色变矣。"

他与元稹书，说出了他早年的文学理论："文章合为时而著，诗歌合为事而作。"又说："是时皇帝（宪宗）初即位，宰府有正人，屡降玺书，访人急病。仆当此日，擢在翰林，身是谏官，月请谏纸，启奏之间，有可以救济人病，裨补时阙，而难于指言者，辄咏歌之，欲稍稍进闻于上，以广宸听，副忧勤，次以酬恩奖，塞言责，下以复吾平生之志，岂图志未就而悔已生，言未闻而谤已成矣。"

自从左迁以后，集中多恬退保和、吟玩性情之作，再也没有辞直气粗的诗篇了。

他的修养，尤其到了晚年，其得力处，在省分知足。以"比上虽不足，比下却有余"的常识，参透了知足妙谛。他的《四虽杂言》诗云：

听我吟四虽：年虽老，犹少于韦长史；命虽薄，犹胜于郑长水；眼虽病，犹明于徐郎中；家虽贫，犹富于郭庶子。省躬审分何侥幸，值酒逢歌且欢喜，忘荣知足委天和，亦应得尽生生理。

用比较的方法，显出自己之并非不足，见之于乐天作品者甚多，《狂言示诸侄》一诗，说得尤为透彻，诗云：

世欺不识字，我忝攻文笔。世欺不得官，我忝居班秩。人老多病苦，我今幸无疾。人老多忧累，我今婚嫁毕。心安不移转，身泰无牵率。所以十年来，形神闲且逸。况当垂老岁，所要无多物。一裘暖过冬，一饭饱终日。勿言舍宅小，不过寝一室。何用鞍马多，不能骑两匹。如我优幸身，人中十有七。如我知足心，人中百无一。傍观愚亦见，当己贤多失。不敢论他人，狂言示诸侄。

太和三年（829 年），五十八岁，他甘心于宾客分司的闲职，退居洛下。《履道西门诗》有句云："豪华肥壮虽无分，饱暖安闲即有余。"又云："亦知轩冕荣堪恋，其奈田园老合归。跛鳖难随骐骥足，伤禽莫趁凤凰飞。"《闲悟有所思》云："权门要路是身灾，散地闲居少祸胎。"这些都是省分知足的好注解。

他于是寄怀于酒，取意于琴，以声色自娱，闲适酣乐，遁迹佛道，成了一个世故老人。

无闷无忧，达观安泰，当年左迁江州，实为形成他以后人生哲学的转折点。

脱身于政治漩涡

态度的转变，对他个人说，是有利的。盖自元和至会昌，三十余年间，为唐代党祸最烈之时，士大夫出此入彼，权位倾轧，祸福倚伏，大则身死家灭，小亦不免万里投荒，唯有乐天能脱身于党争的漩涡。葛立方《韵语阳秋》云：“乐天素善李绅，而不入德裕之党，素善牛僧儒、杨虞卿，而不入宗闵之党，素善刘禹锡，而不入伾文之党，中立不倚，峻节凛然。”

他与迭相升沉的权要，不即不离，始终以恬退知足为训，以后再也没有遭遇任何困踬，深深认识了本文开端所引“祸福回还，荣枯反覆”的道理，而左迁江州之对他一生，虽为打击，实在是一个事先的警告。

江州司马，并不是很恶劣的差使，前已言之。乐天于元和十三年（818年），到江州后的四年，作《江州司马厅壁记》。云：“若有人蓄器贮用，急于兼济者居之，虽一日不乐。若有人养志忘名，安于独善者处之，虽终身无闷，官不官系乎时也，适不适在乎人也。江州左匡庐，右江湖，土高气清，富有佳境，刺史守土臣，不可远观游，群吏执事官，不敢自暇佚，惟司马绰绰可从容于山水间。”又云：“苟有志于吏隐者，舍此官何求焉？按《唐典》，上州司马秩五品，岁廪数百石，月俸六七万，官足以庇身，食足以给家。”

职位虽卑而责任却轻，乐天最初之所以伤感忧怨，盖因其获谴迁谪的罪状，乃出于毫无根据的诬陷，而诬陷他的官吏之中，有他的朋友中书舍人王涯在内。娼嫉谗谤，人情鬼魆，反手成云，覆手为雨，乐天之怨叹，不是没有来由的。

两首诗成为罪状

此事始末，大略如次：

乐天的母亲陈太夫人颍川县君，于元和六年（811 年）四月堕井死，丁忧，退居渭上，服满入朝，拜左赞善大夫，时为元和九年（814 年）。十年（815 年）六月，宰相武元衡将朝，夜漏未尽三刻，骑出里门，遇盗被杀于墙下。白乐天上疏请急捕盗以雪国耻。武元衡的被刺，是有政治阴谋的。

宰相韦贯之、张弘靖以乐天非谏职言事，恶之。更有人说，母堕井死，乐天作《赏花》及《新井》诗，怡畅闲适，甚伤名教，于是朝命贬江州刺史。中书舍人王涯言其所犯不可复理郡，追改司马。

乐天《新井》诗，为集所不载，或因惹祸而删去。然据高彦休《阙史》，谓此诗是官盩厔尉时作，久在他母亲逝世之前。乐天多于情，无一春无咏花之什，诬陷他的人，巇藻其罪，随意掇拾。宋陈直斋作《白氏年谱》云："诗篇以成谗谤，佥壬嫉娼者为之也。"乐天的罪状是莫须有的。

其母致死之因，高彦休言之甚悉。云："公母有心疾，因悍妒得之。及嫠，家苦贫，公与弟不获安居，常索米丐衣于邻郡邑。母昼夜念之，病益甚，公随计宣州，母因忧愤发狂，以苇刀自刭，人救之得免，后遍访医药，或发或瘳，常恃二壮婢，厚给衣食，俾扶卫之，一旦稍怠，毙于坎井。"

母亲为何精神失常

乐天母亲有心疾，甚至发狂而投井自杀。若说病因在悍妒，且家贫忧愤而起，似乎说得过于简单，此外有没有更复杂的原因，则文献无征。然而陈太夫人和乐天之父季庚的婚姻却是一种不寻常的奇特结合，此与她后来的忧愤悍妒，是否有些瓜葛，不无可疑。

按，季庚之妹，嫁给鄜城尉陈润为妻，而季庚的太太，即陈润之女，是季庚的嫡亲外甥女。乐天为其父《襄州别驾府君》作事状略云："公讳季庚。夫人陈氏，考讳润，妣太原白氏。"乐天为其外祖母"故鄜城县尉陈府君白氏"作墓志铭云：

> 故延安令（疑当作巩县令，或为后世传抄之误）讳锽之第几女，鄜城尉讳润之夫人，故颍川县君（乐天母亲）之母。故大理少卿襄州别驾讳季庚之姑，前京兆府户参军翰林学士白居易……之外祖母也。

巩县令锽，为乐天的祖父，见乐天所作《故巩县令白府君事状》。

以上资料，可综合为比较明确的世系：乐天的祖父锽，生季庚，并有一女嫁给陈润，陈润生女颍川县君，即乐天的母亲，也是季庚的甥女。

然乐天为他外祖母所作的墓志铭中，却谓"襄州别驾讳季庚之姑"。陈寅恪曰："此姑字必不可通，初视之，似是妹字之误写，但细思之，则乐天属文之际，若直书其事，似觉太难为情，罗贞松（振玉）曰：季庚所妻乃妹女，乐天称陈夫人为季庚之姑，乃讳言而非其实矣。"

舅父与甥女婚配，非但为当时礼教所不容，且为唐代法律所禁止。唐律规定，外姻有属而尊卑共为婚姻，以奸论，违者杖一百，并离之。舅甥为外姻而有服属，且辈分是有尊之别的。

乐天为其父所作的事状中，谓其母"十五岁事舅姑"，出嫁时为十五岁。其父季庚殁于贞元十年（794 年），年六十六，母则殁于元和六年（811 年），年五十七。据此推算，其父结婚时为四十一岁。两人年龄悬殊甚大，此本不足怪，所可怪者，以唐代风习言之，仕宦家男子，年逾四十而始婚，则为一般所绝无仅有。如果季庚在前已结过婚，则乐天于事状中又何以不言其前母为何人？亦不可解。岂婚配之间，尚有其他难言之隐乎？

乐天父母的婚配，既如此不寻常，其父虽未受法律制裁，而越礼违法，必为社会所不谅，他母亲岂因在道义的制裁上，悔恨而致精神失常，痫癫疯狂乎？无法考定，因言“赏花、新井”之祸，附带及此疑案。

泥中曳尾苟全性命

那位谗乐天，使他谪江州司马的王涯，后来青云直上，官至中书门下平章事。可是到太和九年（835 年）的所谓“甘露之变”，涯被诛，乐天又九年十一月二十一日独游香山寺感事而作七律一首，即为此而吟。诗云：

祸福茫茫不可期，大都先退似先知。当君白首同归日，是我青山独往时。顾索素琴应不暇，忆牵黄犬定难追。麒麟作脯龙为醢，何似泥中曳尾龟？

“白首同归”为石崇临刑时语，以喻王涯之诛。《东坡志林》谓，乐天此诗并无幸灾乐祸之意，然细细玩味，至少对于自己的恬退无竞，远离政治漩涡，得免于祸，是颇为得意的，为麟为龙，反不如泥中曳尾之龟，得苟全性命焉。

后来到了七十一岁，乐天作《喜入新年自咏》，得意地说，“销磨岁月成高位，此类时流是幸人”。

同是天涯沦落人

诉说了身世之感

白乐天长歌《琵琶引》，作于元和十一年（816 年），这是他迁谪浔阳，任江州司马的第二年。咏一长安故倡，擅琵琶，感今伤昔，借此抒己身政治失意，同有天涯沦落之叹。歌凡六百余言，明白晓畅而寄慨甚深，有小序述与此故倡邂逅相识，听琵琶及作此诗因缘，云：

> 元和十年（815 年），予左迁九江郡司马。明年秋，送客湓浦口，闻舟中夜弹琵琶者。听其音，铮铮然有京都声。问其人，本长安倡女，尝学琵琶于穆曹二善才，年长色衰，委身为贾人妇。遂命酒使快弹数曲，曲罢悯然，自叙少小时欢乐事，今漂沦憔悴，转徙于江湖间。予出官二年，恬然自安，感斯人言，是夕始觉有迁谪意，因为长句，歌以赠之，凡六百一十二言，名曰琵琶行。

歌中咏琵琶曲调极细腻，轻拢慢拈，掩抑奔放，不仅表现出弹者的绝技，且在“大弦嘈嘈如急雨，小弦切切如私语”之中，宛若诉说了平生无限身世之感。一曲既罢，弹者自述昔日的欢乐荣华，今日的憔悴落寞，歌云：

自言本是京城女，家在虾蟆陵下住。十三学得琵琶成，名属教坊第一部。曲罢曾教善才伏，妆成每被秋娘妒。五陵少年争缠头，一曲红绡不知数。钿头云篦击节碎，血色罗裙翻酒污。今年欢笑复明年，秋月春风等闲度。弟走从军阿姨死，暮去朝来颜色改。门前冷落鞍马稀，老大嫁作商人妇。商人重利轻别离，前年浮梁买茶去，去来江口守空船，绕船月明江水寒。夜深忽梦少年事，梦啼妆泪红阑干。

家在虾蟆陵下住

“自言本是京城女，家在虾蟆陵下住。”虾蟆陵为长安一区域，陈寅恪教授据唐人李肇《国史补》，指出原名“下马陵”，皆下马，因读音相近，沿误为虾蟆陵。《国史补》云：

旧说，董仲舒墓，门人过，皆下马，故谓之下马陵。后人语讹为虾蟆陵，皆讹谬所习，亦曰坊中语也。

虾蟆陵之可以注意者，为西域胡人侨居长安聚寓之地，这里颇以善酿著称，善酿所指大约是葡萄酒，李白诗所谓“葡萄美酒夜光杯”。葡萄酿酒在唐初已负盛名。葡萄非中土固有，同其酿造之法俱从西域传来，虾蟆陵为胡人聚居，宜其善酿名酒。《国史补》云：“酒则有京城西市腔虾蟆陵，郎宫清、阿婆清。”

唐代胡人侨居长安及我国其他都市人数不少，而中国人对外族之杂居中土者向不歧视，不以血统体型为差别，而以文化为准，所谓夷狄进入中国则中国之，他们感受了中国文化，采取了中国生活方式，并以他们携来的域外文化，贡献于中国，和谐交流，成了浑厚博大的容纳与同化。且与中国人自由通婚的结果，久而久之，连外貌也失去区别，外族子孙本身都忘记了他们的外族血统。

唐代帝室，即源自西凉。在中国定居的西域民族，自中央亚细亚，远至犹太人都有，据英国学者白威廉博士（Dr. William C. White）的考证，自唐末至宋仅在开封一处，曾有五百家以上的犹太人居住。这些犹太人，不仅融化于中华民族的大熔炉，甚至放弃了原有的宗教习俗，改取了中国姓氏，到千余年后的今天，很少人知道中土有过犹太侨民。

可能是胡人女子

中国多种乐器传自胡人，琵琶是其中之一。《通雅》云：“琵琶本作枇杷。”《释名·释乐器》云：“枇杷本出于胡中，马上所鼓也。”《隋书·音乐志》：“今曲项琵琶竖头箜篌之徒，并出西域，非华夏旧器。”《晋传·玄琵琶赋序》谓：“汉遣乌孙公主嫁昆弥，于马上作此乐。”则琵琶汉代已入中土，唯唐代杰出之乐工，仍多西域胡人或胡人的后裔。葛立方《韵语阳秋》引《乐府杂录》言唐代琵琶名手云：

> 贞元中有王芬，曹保保，其子善才，其孙曹纲，皆袭所艺。次有裴兴奴，与纲同时。曹纲善运拨，若风雨，而不事扣弦；兴奴长与拢捻，不拨，稍软。时人谓“曹纲有右手，兴奴有左手”。

善才为琵琶名手，乐天《琵琶行》序，谓此长安故倡，尝学于穆曹二善才，把善才之名，代表了名家的总称，其艺之曾得杰出乐工指授，于此可见。《乐府杂录》所说的裴兴奴，裴为西域胡姓，他无疑是胡人或胡种，名用“奴”字，在唐代不必为女子专有，如元微之《连昌宫词》中之念奴，固为女性，但白乐天之幼弟名“金刚奴”，则为男子之名，故裴兴奴可能也是男性。

琵琶名家俱属男性，故乐天有诗，句云：“谁能截此曹纲手，插向重莲红袖中”。但并不是说女性中没有琵琶好手，也许略次于曹、裴等第一流名家，此长安故倡即是一例。

胡人善音乐，而此长安故倡，自言家住虾蟆陵胡人聚居之地，笔者很怀疑她也是胡人女子，在唐代籍隶教坊者，胡人本不足奇。崔令钦所撰唐《教坊记》，谓当时有人嘲胡倡女，谓肥大年长者即呼为“屈突干阿姑”，貌稍稍胡者即云“康太嫔阿妹”。《琵琶引》所言此长安故倡，仅竭力描写其弹拨拢拈之艺，没有提及她的形貌，说她可能是胡女，别无典据，聊备一说，姑妄言之。

风尘子女晚景可哀

《琵琶引》歌此长安故倡之感今伤昔，连带引起作者自身迁谪，政治失意的哀怨，同感天涯沦落，所以“座中泣下谁最多，江州司马青衫湿”。乐天此次迁谪，是他人生态度由积极而变到恬退旷达的转折点，本书前有专文分析，此处不再赘说。唯唐代擅长音乐的倡女，年轻时荣华不可一世，到年老色衰，门前冷落，或老大嫁作商人妇，晚景的凄凉和苦闷，简直成为一个社会问题，这种现象虽千古一辙，但唐代经诗人的吟咏，似乎引起后世读者更多的注目和同情。

长安故倡嫁作商人妇，“商人重利轻别离，前年浮梁买茶去，去来江口守空船”。浮梁虽与江州同在今江西境，距离不算太远，然分别经年，空船独守，是否再有团聚机缘，尚在不可知之中，此所以泪落阑干也。

据陈寅恪教授的笺证，他以为“茶商之娶此长安故倡，特不过一寻常外妇，其关系本在可离可合之间，以今日通行语言之，直同居而已”。

风尘女子晚景可哀，不仅长安故倡为然，乐天的朋友刘梦得，在乐天《琵琶引》之后撰有《泰娘歌》，咏一贵家家妓泰娘，色艺绝伦，而年长落寞，仿佛此长安故倡而尤有甚者。歌云：“朱弦已绝为知音，云鬓未秋私自惜。举目风烟非旧时，梦寻归路多参差。”其序云：

> 泰娘本韦尚书（夏卿）家主讴者，初，尚书为吴郡，得之，命乐工诲之琵琶，使之歌且舞。无几何，尽得其术。……元和初，尚书薨于东京，泰娘出居民间。久之，为蕲州刺史张愻所得。其后愻坐事谪居武陵郡，卒，泰娘无所归。地荒且远，无有能知其容与艺者。……雒客闻之，为歌其事。

并无瓜田李下之嫌

乐天另有《夜闻歌者》一诗，作于元和十年（815 年），亦即作《琵琶引》的前一年，自京谪迁赴江州任，舟过鄂州，闻少归哀歌。诗曰：

> 夜泊鹦鹉州，秋江月澄澈。邻船有歌者，发调堪愁绝。歌罢继以泣，泣声通复咽。寻声见其人，有妇颜如雪。独倚帆樯立，娉婷十七八。夜泪似真珠，双双堕明月。借问谁家妇，歌泣何凄切？一问一沾襟，低眉终不说。

南宋洪迈《容斋随笔》，以宋代社会习尚和礼法标准，对乐天作婉转疵议。其言曰：“陈鸿《长恨歌》传云：乐天深于诗多于情者也。故所遇必寄之吟咏，非有意于渔色。然鄂州所见一女子独处，夫不在焉。瓜田李下之疑，唐人不议也。今诗人罕谈此章，聊复表出。”他并且连带讥及乐天《琵琶行》中，与长安故倡相逢而相识之事，云：“白乐天琵琶行，盖在浔阳江上为商人妇所作。而商乃买茶于浮梁，妇对客奏曲，乐天移船，夜登其舟与饮，了无顾忌，岂非以其为长安故倡女不以为嫌耶？”

上面这些话，见于《容斋三笔》。洪迈于《五笔》中又提出这个问题，他以为乐天既有瓜李之嫌，怀疑未必实有其事，而真为长安故倡所作。不过据写自己天涯沦落之恨尔。其言曰：

> 白乐天《琵琶行》一篇，读者但羡其风致，敬其词章，至形于乐府，咏歌之不足，遂以谓真为长安故倡所作。予窃疑之。唐世法网虽以此为宽，然乐天尝居禁密，且谪官未久，未必肯乘夜入独处妇人船中，相从饮酒，至于极弹丝之乐，中夕方去，岂不虞商人者它日议其后乎？乐天之意，直欲据写天涯沦落之恨尔。东坡谪黄州，赋《定惠院海棠》诗，有“陋邦何处得此花，无乃好事移西蜀”，“天涯流落俱可念，为饮一尊歌此曲”之句，其意亦尔也。

容斋所说“乘夜入独处妇人船中”、“中夜方去”等语，细按歌中所叙“移船相近邀相见”，事实为移送客之船而近故倡之船，然后邀其前来，此妇尚“千呼万唤始出来”，乐天并未入妇人船中，所谓“中夕方去”更是容斋的臆测，非歌中所叙实情。且“主人忘归客不发”，最后谓“满座重闻皆掩泣”，都说明座有他客，绝非与妇人独对，乐天丝毫没有越轨行为，容斋之疑是多余的。

且唐代男女关系的礼法与道学兴起后的宋代，大有差异，陈寅恪云：“考吾国社会风习，如关于男女礼法等问题，唐宋两代实有不同，此可取今日日本为例……其所受影响最深者，多为华夏唐代之文化，故其社会风俗，与中国今日社会风气经受宋以后文化之影响者，自有差别。”日本内阁大臣级的显要，至今可于艺妓馆燕息或接待宾客，在今日中国人看来，不免有些骇诧，如以唐代习俗去衡量，也就不足为奇了。

元微之与《莺莺传》

元微之自叙恋情

林语堂先生英译《莺莺传》见其《英译重编传奇小说》(*Famous Chinese Short Stories*)。此书选译自唐迄清短篇故事二十篇，汇集了若干我国旧小说的精粹，林先生称之为“重编”(Retold)，盖并非字比句次照原文移译，结构行文，都采用现代小说的风格，亲切逼真，生动活泼，且偶亦补充以译者的想象，或和原作相关的其他文学资料，使故事发展，给读者以更曲折更完满的印象。林先生这种近于法国作家纪德（Andre Gide）所谓翻译为“再创作”(Recreation）的笔法，是以介绍我国昔日文学作品，破除中西生活习惯的隔阂，使西洋读者易于接受和了解。实是极理想的途径。

崔莺莺和张生（君瑞）的恋爱故事，因元人王实甫所作《西厢记》杂剧，文笔之美，流传之广，数百年来家喻户晓，剧中两位主角，也成了民间十分著名的传奇人物，《西厢记》故事，并非王实甫的创造，他是依据唐诗人元稹(微之）所作小说《莺莺传》而写的，也就是林先生英译所据的蓝本，他的英译篇名曰“*Passion on The Western Room*”（“恋情”，或“西厢”传)。

唐以诗著，唐代小说在我国文学史上，地位虽稍逊于诗，但也有十分辉煌的成绩，开了后世短篇传奇的先河。

微之此篇，为唐人小说最佳名作之一。《莺莺传》，《元氏长庆集》所不载，今日所流传者，见于《太平广记》卷四四八杂传记类。这篇以古文所写的传奇，虽是莺莺故事最早来源，因文字不如元曲通俗，所以今日读者不若王实甫《西厢记》之多，然其言情状物，文笔的哀艳缠绵，细腻动人，也不愧千古杰作。

历来考据家公认，《莺莺传》为元微之自叙之作，实有其事，张生即微之化名。林先生译文，男主角直用元稹之名，不再托诸张生，是有根据的。持自叙说较早的记载，见宋赵德麟《侯鲭录》卷五所引王性之《辨传奇莺莺事略》，云：

清源庄季裕为仆言：友人杨阜公尝得微之所作《姨母郑氏墓志》云：既丧夫，遭军乱，微之为保护其家备至。则所谓《传奇》者，盖微之自叙，特假他姓以自避耳。”又云：“然必更以张生者，岂元与张受命姓氏本同所自出耶？”（原注：张姓出黄帝之后，元姓亦然，后为拓跋氏，后魏有国，改号元姓。）

张生之为微之，因元氏所作诗，颇多吟咏其恋爱事迹的篇什，若干与《莺莺传》所叙者暗合，绝无可疑。王性之以同出黄帝之后，而托张姓之说，则甚牵强，后世氏族之托始于黄帝者甚多，今天我们还以炎黄子孙，代表中华民族的渊源。微之可托之姓甚多，何必有取于张氏？当代史家陈寅恪，以为王性之说为不可通，他另持一说，谓：

微之文中男女主人之姓氏，皆仍用前人著述之旧贯。因当时流行小说《游仙窟》，作者张文成，自谓奉使河源，于碛石窟，得遇崔十娘，微之沿袭旧惯，传奇中也用了张、崔二姓。

然而这种推测也属多余。小说即使以实事为依据，所用人物姓名，原无一定轨迹可寻，或出于作者一时的触机，可张可李，无需作穿凿的论定。

王性之考女主角崔莺莺谓：

微之作《陆氏姊志》云，予外祖父授睦州刺史郑济。白乐天作微之母《郑夫人志》，亦云“郑济女”。而唐《崔氏谱》，永宁尉鹏亦娶郑济女，则莺莺者乃崔鹏之女，于微之为中表，正《传奇》所谓异派之从母也。

莺莺固实有其人，是否确姓崔，上说虽有可取，因乏其他佐证，仅可备存疑而已。

唐代女性的名字，用复字或双文者甚多，莺莺或非真名，而其真名亦为两字相同，微之以“莺莺”二字影射其情人，可能性或许很大。

软玉温香抱满怀

微之与他这位表妹莺莺邂逅蒲城东郊十余里的普救寺。时微之游于蒲，寓于寺，而莺莺及孀母与弟携一婢，将归长安，路出于蒲，亦止该诗。会军乱，崔家旅寓惶骇，幸微之与蒲将之党友善，请吏护之，遂不及于难，崔老夫人郑氏德之，设宴谢微之，微之《莺莺传》写席间遇莺莺，所见这位女主角的容貌云：“垂鬟接黛，双脸销红，颜色艳异，光辉动人。”（为了行文简洁，以下涉及微之《莺莺传》，皆略称“元传”，王实甫《西厢记》，略为“王剧”，而语堂先生英译，则为“林译”。)

微之与莺莺接着发生了恋情，由崔婢红娘的搭线，驯至作偷期秘爱的幽会。“元传”言，张生以所赋《会真诗》遗莺莺，这诗写得甚好，传既托张生之名，微之仍欲表露自己的才华，并不隐没本人姓名，故曰：《河南元稹亦续生会真诗三十韵》，传中不录所谓张生之作，而附入他自己署名的篇什，第一次幽会的光景，即在诗中，有云：

戏调初微拒，柔情已暗通。低环蝉影动，回步玉尘蒙。转面流花雪，登床抱绮丛。鸳鸯交颈舞，翡翠合欢笼。眉黛羞偏聚，唇朱暖更融。气清兰蕊馥，肤润玉肌丰。无力慵移腕，多娇爱敛躬。汗流珠点点，发乱绿葱葱。

《莺莺传》又名《会真记》

“会真”一词，初为道家遇仙之义，在唐代则推广应用，凡男女偷期秘爱，亦称“会真”。微之艳体诗中，屡以“怀仙”、“梦仙”等词，以写他和莺莺的恋爱，与“会真”二字，用意相合。

上面那首诗，描写大胆而含蓄，给读者以无穷玩味。“王剧”对这一幕，也有脍炙人口的绝唱：

我这里软玉温香抱满怀，恰便是阮肇到天台。春至人间花弄影，将柳腰款摆，花心轻折，露滴牡丹开。

但蘸著些儿麻上来，鱼水得和谐，嫩蕊娇香蝶恣采。半推半就，又惊又爱，檀口揾香腮。

"林译"只摘取了会真诗中若干句，他借男主角事后回忆，怀疑欢爱的一幕，究竟是真是梦，于是以诗中"衣香犹染麝，枕腻尚残红"之句作了解答，译文用散体，云：

Yuan sat up suddenly and wondered if it had not all happened in a dream. But her strong perfume still lingered in his room and he saw the rouge marks on the towel.

林先生把"枕腻"索性改了 towel，莺莺尚是破题儿第一遭，枕上残红可能是口脂留痕，而巾上之迹，点明了莺莺事前还是处女，这一点在"元传"和"王剧"都忽略了过去。

无穷的缠绵情意

元微之诗才绝世，但其人格则颇可疵议，他为了自私目的，把莺莺的爱情，看成一时的欢娱，并不认真作白首偕老的打算，于是始乱而终弃，为千古薄幸之人。传中并不悔言，元氏所作《梦游春诗》，更透露了他玩弄女性的心理。《梦游春诗》有句云：

我到看花时，但作怀仙句。浮生转经历，道性尤坚固。近作梦仙诗，亦知劳肺腑。一梦何足云，良时事婚娶。

他把与莺莺的情爱，譬之一梦，"一梦何足云"，不妨始乱终弃，别图婚娶。而莺莺对他，则有终托之诚。后来微之赴京应试，分别经年，"元传"录有莺莺寄京复微之一函，文笔优美，有无穷的缠绵情意，云：

鄙昔中表相因，或同宴处。婢仆见诱，遂致私诚，儿女之心，不能自固。君子有援琴之挑，鄙人无投梭之拒。乃荐枕席，义盛意深。愚陋之情，永谓终托。岂期既见君子，而不能定情，致有自献之羞，不复明侍巾帻。没身永恨，含叹何言。倘仁人用心，俯遂幽眇，虽死之日，犹生之年。如或达士略情，舍小从大，以先配为丑行，谓要盟为可欺，则当骨化形销，丹诚不泯，因风委露，犹托清尘。存没之诚，言尽于此，临纸呜咽，情不能申。千万珍重，珍重千万。

玉环一枚，是儿婴年所弄，寄充君子下体之佩。玉取其坚韧不渝，环取其始终不绝。兼乱丝一绚，文竹茶碾子一枚。此数物不足见珍，意者欲君子如玉之真，俾志如环不解，泪痕在竹，愁绪萦丝，因物达情，永以为好耳。心迩身遐，拜会无期，幽愤所钟，千里神合。千万珍重，春风多厉，强饭为佳，慎言自保，无以鄙为深念。

微之之所以弃莺莺，他有一番自己辩护的说法，“元传”假托张生之言云：“大凡天之所命尤物也，不妖莫身，必妖于人。使崔氏子遇合富贵，乘宠娇，不为云，不为雨，则为蛟为螭，吾不知其所变化矣。昔殷之辛，周之幽，据百万之国，其势甚厚，然而以一女子败之，溃其众，屠其事，至今为天下僇笑。予之德，不足以胜妖孽，是用忍情”。

微之弃莺莺，胸中筹之已熟。可惜王实甫剧中，始终没有描写此点，《西厢记》最后一折：“张君瑞庆团圆”，写男女主角，有情人终成眷属，舍弃了“元传”最后所说各自婚嫁的结局。戏剧或小说原不是历史考证，情节作者可以自由处理，但是化名张君瑞的元微之，其薄幸之情，就文学观点说，可使故事较团圆俗套更为动人。“林译”把握着此一始乱终弃的事实，把上述莺莺复微之的信全文采译，从莺莺的热爱，表现出微之的忍和酷。他并且还于“元传”资料之外，用微之所作的《古决绝词》，译成散文，写入故事之中，强调了微之的薄情多疑。《古决绝》云："矧桃李之富春，竞众人而攀折。我自顾悠悠而若浮云，又安能保君皑皑如雪?"又云："幸它人之不我先，又安能后它人之不我夺。已焉成！织女别黄姑，一年一度暂相见，彼此隔河何事无！"另什云："一去又一年，一年何可彻。有此迢递期，不如死生别。天公信是妒相怜，何不便教相决绝。"

林译云：

Alas! in this yearlong separation, who knows what may happen on the other side on the Milky way? My future conscience is as uncertain as that of the clouds, and how can I be sure that you will be as pure as snow? When a peach flower blooms in spring, who is to prevent admirers from plucking its rosy petale? I am happy that I was the first to receive your favor, but who will be the lucky one to take the prize? Ah, a year to wait, and how long will it seem before another year is out? Rather than endure this endless waiting, would it not be better ot part forever?

原诗婉转多致，若不是林先生的高才妙笔，决不能写成如此委曲而明畅的译文。

巧婚巧宦诈多于情

微之弃莺莺之后，娶韦丛（字成之）为妻。后来这位韦氏夫人，先微之而卒，微之有不少悼亡诗留传到今。她是一位很平庸的妇人，治家贤淑，仅粗识文墨，微之《六年春遣怀八首》悼念韦氏，有谓"检得旧书三四纸，高低阔狭粗成行"。白乐天作《元微之墓志铭》，亦仅言"前夫人韦氏懿淑有闻"

而已。即以微之最著名的《遣悲怀》悼亡诗而言，也只就自己未得意时，韦氏的安贫治家着笔，贫贱夫妻百事哀，不涉其才学。

若就《莺莺传》看，崔氏不但美艳，且富文才，“元传”云：“崔氏甚工刀札，善属文”。其高才绝艳，非韦氏所可企及。然而微之何以弃崔而娶韦，上文所引“忍情”之说，是骗人的话，其实有一重要关键，盖韦氏出身的门第甚高，韩退之为韦氏夫人作墓志铭。略云：“仆射（韦夏卿）娶裴皇女，皋父宰相耀卿。夫人（韦氏）于仆射为季女，爱之，选婿得今御史河南元稹。”崔莺莺则为一寒门女子。“王剧”楔子，老夫人自白谓：“老身姓郑，夫主姓崔，曾官拜前朝相国。”这是王实甫的想象，“元传”绝无官拜相国之说，仅云：“适有崔氏孀妇，将归长安，路出于蒲，亦止该寺”。

治唐代史的陈寅恪教授，对此事颇有洞中核要的分析，他说：“若莺莺果出高门甲族，则微之无事更婚韦氏，惟其非名家之女，舍之而别娶，乃可见谅于时人。盖唐代社会承南北朝之旧俗，通以二事评量人品之高下，此二事，一曰婚，二曰宦。凡婚不娶名家女，与仕而不由清望官，俱为社会所不齿。”又云：“但明乎此，则微之所以作《莺莺传》，直叙其自身始乱终弃之事迹，绝不为之少惭或讳者，职是故也。”

微之一生，巧宦热衷，位至相国，以富贵终其身。陈教授论曰：“巧宦固不待言，而巧婚尤为可恶。岂其多情哉，实多诈而已。”

李义山恋爱史的发掘

从隐晦神秘中求美

美国安普逊教授（Prof. William Empson）在他所作《七种方式的隐晦》（*Seven Types of Ambiguity*）一书，有云："一般说来，我用隐晦一词，是形容一字一行，一个意象，或整首诗歌，而可作一个以上的解释。"（Generally speaking, I am using the word ambiguous to describe a word, a line, an image, or a whole poem, that allows for more than one interpreatation.）

"一篇锦瑟解人难"，此清代诗人王渔洋语，言晚唐玉溪生李义山（商隐）《锦瑟》诗，不易索解它的命意何在。作《玉溪生年谱会笺平质》的岑仲勉云："同一诗也，此解之而通，彼解之而亦通。"正是安普逊教授所谓"可作一个以上的解释"。

李诗之隐晦，不仅《锦瑟》为然，他大部分作品都是如此。集中如"夕阳无限好，只是近黄昏"一类明白如话的诗句，并不多见，反成别体，不是李诗的一般风格。

义山许多只用"无题"或首二字为题的诗篇，读之如雾里看花，微茫缈忽，似隐似现，若即若离，很难捉摸它的真面目。然他以“春蚕丝尽，蜡炬成灰”，写缠绵无已之情；以“身无双翼，心有灵犀”，状相思悱恻之苦。“休灯灭烛”，“麝香微度”，又何等的风流缱绻？意境的创造，文字和音节的运用，在言情诗中，最善利用隐晦，谓之前胜古人，后少来者，当非溢美。

梁任公很推崇义山诗的作风，他以为因其隐晦，便觉得寄托深远，含有神秘性，引起读者的美感。他说：“义山的《锦瑟》、《碧城》、《圣女祠》等诗，讲的什么事，我理会不着。拆开一句一句叫我解释，我连文义也解不出来。但我觉得它美，读起来令我精神上得一种新鲜的愉快。须知美是多方面的，美是含有神秘性的。我们若还承认美的价值，对于此种文字，便不容轻轻抹杀。”

然而人类富好奇心，像梁启超那样在神秘中求美，极少数人即感满足，多数总想索解和发掘一些事实出来。

元遗山《论诗绝句》谓：“望帝春心托杜鹃，佳人锦瑟怨华年。诗家总爱西昆好，只恨无人作郑笺。”这虽是讥评宋代杨亿、钱惟演辈专学义山的所谓“西昆酬唱”，但同时也指出了义山诗用意的不易明了，深恨无人能把真相揭露出来。

《锦瑟》一诗的重要性

遗山“望帝春心，佳人锦瑟”二语，指的即是《锦瑟》一诗。此篇究竟如何难解，不妨引录，以供推敲。

“锦瑟无端五十弦，一弦一柱思华年。庄生晓梦迷蝴蝶，望帝春心托杜鹃。沧海月明珠有泪，蓝田日暖玉生烟。此情可待成追忆，只是当时已惘然。”

历来笺注李诗的学者，都认为《锦瑟》在义山作品中有特别的重要性。近人顾翊群所撰《李商隐评论》云：“唐宋史均载义山诗三卷，可能为义山手定，今有朱长孺本。冯孟亭收集外诗多首，将次序改定。朱本系根据宋刊，首列《锦瑟》诗……当有意义可寻。”

清人王应奎的《柳南随笔》，谓“何义门说：玉谿以《锦瑟》诗自题其集以开卷”。张尔田《玉谿生年谱会笺》云：“置诸篇首，别有用心。”

苏雪林所作《玉谿诗谜》（原名《李义山恋爱事迹考》，刊于民国十七年。）有云：“……将他们的一番情史做在灯谜似的诗里，教后人自己去猜，又恐后人打不开这严密奇怪的箱子，辜负了他一片苦心，所以又特制一把钥匙。这把钥匙，便是《锦瑟》诗。”

苏女士用这把钥匙，有没有开启到正确的“箱子”，这是另一问题。总之，《锦瑟》诗的重要性是无人否定的。

摸索到了牛角尖里

博学能诗，如元遗山、王渔洋，都说此诗难解，历来不少学人，很想把这个谜猜透，但其中不免也有自作解人，而摸索到了牛角尖里去的。他们的注释，举要言之，可归纳为下列几种说法：

一、宋刘攽《中山诗话》谓：“李商隐有《锦瑟》诗，人莫晓其意，或谓是令狐楚家青衣名也。”义山早年，受令狐楚陶冶提携，李事之甚庄敬，楚亦器重义山人品文章，临死饬诸子，“铭志无择高位”，故诸子请义山为之。义山与令狐家往还甚密，然敬楚如师，不可能和其家的侍女发生轻薄关系，到此女死后有此哀感顽艳的悼念之词。如果说他们的私情是秘密的，更不可能公然以她名字入诗。刘攽自言“或谓”，不过是道听途说的传闻，没有其他的佐证，不足为据。

二、言《锦瑟》诗为义山悼亡之作，主此说者较多。义山妻王氏，为王茂元女，茂元节度河阳，尝僻义山掌书记。王氏姿貌甚美，与义山情爱亦笃，集中“君问归期未有期，巴山夜雨涨秋池。何当共剪西窗烛，却话巴山夜雨时”，即为义山客蜀寄内之作。王氏死于大中五年（851 年），义山时年四十，伤感无已，赋悼亡诗多首。民初孟心史于《东方杂志》发表《李义山〈锦瑟〉诗考证》一文，亦主悼亡之说，大意谓：

《史记·封禅书》，太帝使素女鼓五十弦瑟，悲，帝禁不止，破为二十五弦。义山婚王氏时年二十五，意其妇年正同，夫妇各二十五，适合古瑟未破之弦数，因以锦瑟为佳偶之纪念。

义山伉俪情深，此诗缠绵悱恻，悼念爱妻，似也有些说得过去，但论者似乎忽略了诗中“玉生烟”一典之用意。按《搜神记》：吴王夫差小女紫玉，悦童子韩重，欲嫁不得，气结而死。后重游学归，吊于墓侧，玉形现，重欲拥之，如烟而没。后世以“紫玉成烟”喻未婚少女为情而死。如果义山以此典悼其四十左右的亡妻，实在有些不伦不类。

此解可通彼解亦通

三、苏雪林说，义山和两位宫嫔发生了私情。因为义山诗中屡用“鸾”、“凤”二字，谓这两位宫嫔一名“飞鸾”、一名“轻凤”，义山诗中且多用“莫愁”之典，指二女姓“卢”。她们和义山曾在宫中及曲江离宫偷期密爱，在曲江幽会的时候，弹瑟为暗号，卢女等赠义山以“锦瑟”，义山则以“玉盘”为报。后宫中以太子案清宫，二女投井死。“锦瑟”既为爱情纪念之物，故赋此诗以悼两宫嫔云云。

苏女士的《玉谿诗谜》全书有一半篇幅，言义山与宫嫔的恋爱，用力之勤，令人钦敬。她的想象力很强，想象力本为治史所不可缺，有想象方有假设，有假设而后求证，求证而后发明。但若只有想象和假设，而无确切的证据，就成穿凿附会，捕风捉影了。

宫禁森严，关防必密，义山与宫嫔恋爱，论者怀疑其根本不可能，苏说证据似嫌不足，而且牵强，如她以《义山西溪》诗中“凤女弹瑶瑟，龙孙撼玉珂”一联，及《夜半》一诗“玉琴时动倚窗弦”句，解为“窗上微拨瑟弦，下则撼所佩玉珂而应之，乃幽会之暗号”。又以“筝柱镇移心”为赠瑟之据。以“玉盘迸泪伤心数，锦瑟惊弦破梦频”，影射“报宫人以玉盘”，全凭臆测，曲为附会，自为谨严的学人所不取。

男女为情爱而表赠私物，大都为随身易于携带的小纪念品，顾翊群指出，瑟有二种，大者八尺一寸，小者七尺二寸，均宽一尺八寸（此与《礼书通考》引琴瑟旧图所言尺寸合），以此庞然大物，表赠私情，为常理所无，且义山与宫女如果有恋情，则是极端冒险的。顾氏谓：“义山何由从容抱瑟，避阉人禁军之耳目而出?”

四、顾翊群从张尔田说，认此诗为义山本身伤感之作，通首只咏本身情绪，不指一人一事，其言曰：“首二句由太帝素女之锦瑟为五十弦，思及己身亦年将五十”。(按义山死年四十六岁，从冯注）而有“想当年”之感，第三句用庄子梦蝶事以喻自己一生，第四句根据四川传说及少陵诗意，而感怀国事，无法效劳。沧海句或自比鲛人，阅历沧桑后，而为令狐楚……等洒泪，蓝田句用蓝田产玉及吴王小女“紫玉成烟”典故，而哭王氏、寄寄与柳枝等人。末二句谓己身所经历伤心之事，在当时已痛苦极矣，何能再行追忆耶?”

按寄寄为义山侄女，柳枝为洛阳富贾女，顾氏引李集中《柳枝五首并序》，谓柳枝是义山婚前的恋人。

顾氏所说“自身伤感”，大致似乎没有问题。所举诸事，也是义山一生恩怨和伤心的关键，或许可以说得通，但最后用“此情”二字，照顾说则“情”字必须作多数解，可惜我国文字，不像西洋文字那样名词形式上有多数单数之分，一望而知。此处情字可以作多数，也可以作单数，如果作单数，则伤感者为特定之一事，而非历数的种种了。诗中所堆砌的典故虽多，但都是借以表达伤逝哀怨的情绪，专指一事，自亦可能。

五、义山诗多艳情绮语，于是后世说他一生必有男女间的风流韵事，然而他自己说过一句话，此语见其《上河东公启》。河东公即柳仲郢，节度剑南的时候，义山为其记室，官衔是“判官检校工部员外郎”。柳鉴于义山悼亡后，抑郁无聊，拟以官伎张懿仙为义山小星，义山上启力辞，有句曰：“南国妖姬，丛台妙妓，虽有涉于篇什，实不接于风流”。他自己承认虽多香艳笔墨，并无实际的风流勾当。

于是有人就主张义山诗皆“托芳草以怨王孙，借美人以喻君子”，是屈原《离骚》以来，我国诗人的一贯作风，并以义山《梓州罢吟寄同舍》中“楚雨含情皆有托”一语为证。李渔叔为顾翊群之书作序，亦谓：“夫玉盘锦瑟，痴郎神女之词，源出风骚，并皆假托”。然若以此为《锦瑟》诗注解，则究竟所怨何事，所喻何人，又未免解如未解，过于笼统了。

以上数说，除过分穿凿者外，正如岑仲勉所说：“此解之而通，彼解之而亦通”。易言之，此解之不能成定论，彼解之亦难尽满人意。

义山的第一知己

语云，“深于诗者，必多于情”。何况义山诗如此艳丽，如此善于刻画儿女情怀，如果武断说他没有男女间的风流韵事，谁也不能相信，他所说“虽有涉于篇什，实不接于风流”，很可能是力辞纳妓的饰词。

综观历来诠释李诗者的推敲，下述若干女性，可能为义山的恋爱对象，曾发生过绮丽缱绻的关系。

上文引顾翊群说，谓柳枝为义山婚前的恋人，张尔田作《李义山诗辨正》亦谓柳枝为义山第一知己。义山有《柳枝五首》，自此诗序文观之，柳枝读义山所作《燕台》诗而喜义山，因倩义山族侄介绍。义山与她见面，并有后约，而为友约至京师，柳枝遂归于东诸侯。

序曰：“柳枝，洛中里娘也。父饶好贾，风波死湖上，其母不念他儿子，独念柳枝。生十七年，涂妆绾髻，未尝竟，已复起去。吹叶嚼蕊，调丝撅管，作天海风涛之曲，幽忆怨断之音，居其傍，与其家接，故往来者，闻十年尚相与，疑其醉眠梦断不娉。余从昆让山，比柳枝居为近。他日春曾阴，让山下马柳枝南柳下，咏余《燕台》诗。柳枝惊问：谁人有此，谁人为是？让山谓曰：此吾里中少年叔耳。柳枝手断长带，结让山为赠叔乞诗。明日，余比马出其巷，柳枝丫环毕妆，抱立扇下，风障一袖，指曰：若叔是？后三日，邻当去溅裙水上，以博山香待，与郎俱过，余诺之。会所友有偕当诣京师者，戏盗余卧装以先，不果留。雪中，让山至，且曰：为东诸侯取去矣。明年，让山复东，相背于戏上，因寓诗以墨其故处云……”

柳枝是否真姓名，无从确言，美貌善歌，虽不能断定她确是风尘女子，但和男性的交游是广阔而自由的。顾翊群云：“按序言后半段似有隐晦，因既知柳枝性情甚悉，有为其知交可能。”此诗最后一首云：“画屏绣步障，物物自成双。如何湖上望，只是见鸳鸯？”惆怅迷离，相思甚苦，真所谓“此情可待成追忆”。

顾氏尚有一设想甚奇的揣测，以为义山所钟爱的侄女寄寄，为与柳枝所私生，寄养于外，后复本族，其弟义叟认之为女。他说义山有《拟意》一诗，叙述他与柳枝相聚相离之事甚详，其中“濯锦桃花水，溅裙杜若洲”二句，明指产子之事。《祭小侄女寄寄文》，作于会昌四年（844 年）正月，则寄寄亡时当在开成四年（839 年）初，从“尔生四年，方复本族，既复数年，奄然归无”四句而言，则寄寄当生于太和八年（834 年）。从《祭两姊文》中，知尔时义叟尚未婚，何来有女？纵已婚，何须外寄四年之久？大中六年（852 年）义山有《寄太原卢司空三十韵》，其中“义之当妙选”句下自注：“小弟义叟早蒙眷以佳姻”。但从太和七年（833 年）算至大中六年（852 年），计十九年之久，义叟于太和七年尚未及冠，学业未成，何由结婚？又《祭寄寄文》中，有“况吾别娶以来，嗣绪未立，犹子之义，培切他人”。此“别娶”二字甚怪。得无寄寄为柳枝所生女，自太和八年（834 年）迄开成三年（838 年）均寄养他处，其后方复本族，时义山已娶王氏，故不得不由义叟认之为女，但祭文中因对寄寄负责，故用“别娶”二字耶？

顾氏对此，亦未作断定。他说：“此事非起义山于地下，无从判断，只得当为一宗悬案而已。”

臆测也许多于事实

柳枝因《燕台诗》而倾心义山，据张尔田的笺证，燕台为义山另一恋人，因无法确考她姓甚名谁，遂以“燕台”二字代之，诗中“醉起微阳初若曙，映帘梦断闻残语”等句，为相思而托之梦寐云云。

张云：“柳枝相遇在洛，后为东诸侯取去，燕台则相遇在河阳，其人已先为人后房。”

很难说他确能把握事实，充其量不过奇诡恍惚，和义山诗同样神秘而已。

苏雪林考义山恋史，上文约略提及她说及义山与宫嫔恋爱，她另又说义山和两个女道士的恋情。初，义山学道玉阳，与永道士相识，其后在长安，经清都刘先生介绍，得识女冠宋华阳姊妹，宋氏旋移情永道士，拒与义山往来，陷义山于失恋。

唐代女冠生活浪漫，成为当时风气，连义山也有讥刺的诗句：“阆苑有书多化鹤，女床无树不栖鸾”。义山和女道士恋爱，自非不可能，然论者仍以为苏说自圆其说，臆测也许较事实为多。

总之，义山史传寥落，可据以考证其一生之文献甚少，而作品又环词奥旨，语多隐晦。岑仲勉曰：“余不敢断商隐不如此，尤不敢信商隐必如此，与其唐突前贤，何若宁阙无滥?”又曰：“况夫感触百变，韵语多歧，今谓千载后，一字一句，深得其情，恍曾钻入玉溪生心坎中，谁将信之?”确论也。

秦妇吟秀才

“家家流血如泉沸”

谈晚唐诗人韦端己（庄），宜先从他的名作《秦妇吟》入手。这是一千三百八十六字的一首七言古风，借一位逃难到洛阳的秦妇口述，咏自僖宗广明元年（880 年）冬，黄巢陷长安，盘踞京城三年，目击身受的城中惨酷浩劫。自白居易《长恨歌》、元稹《连昌宫词》以后，这是唐人史诗的一篇杰作。可惜此诗后来失传，隔了近一千年，到清季方在敦煌石窟发现几种钞本，再与世人见面。

《新唐书·黄巢传》云，巢率众自春明门入长安，“甫数日，因大掠，缚棰居人索财，号淘物，富家皆跣而驱。贼酋据甲第以处，争取人妻女乱之。捕得官吏悉斩之，火庐舍不可赀计，宗室侯王屠之无类矣”。

《秦妇吟》所歌惨痛情况，与上述这几句话可以互相印证。诗云：“家家流血如泉沸，处处冤声声动地。舞姬歌姬尽暗损，婴儿稚女皆生弃。”

因为此诗在唐诗选本，目前仍不普遍多见，不妨再作若干引录。

诗以东西南北四邻女遭劫为例，写年轻妇女的受辱和惨死，一字一泪，云："东邻有女眉新画，倾国倾城不知价。长戈拥得上戎车，回首香闺泪盈把。旋抽金线学缝旗，才上雕鞍教走马。有时马上见良人，不敢回眸空泪下。"

"西邻有女真仙子，一寸横波剪秋水。妆成只对镜中春，年幼不知门外事。一夫跳跃上金阶，斜袒半肩欲相耻。牵衣不肯出朱门，红粉香脂刀下死。"

"南邻有女不记姓，昨日良媒新纳聘。琉璃阶上不闻行，翡翠帘间空见影。忽看庭际刀刃鸣，身首支离在俄顷。仰天掩面哭一声，女弟女兄同入井。"

"北邻少妇行相促，旋拆云鬟拭眉绿。已闻击托坏高门，不觉攀缘上重屋。须臾四面火光来，欲下回梯梯又摧。烟中大叫犹求救，梁上悬尸已作灰。"

逢到这种大乱，女性所受摧折，最为残酷。

秦妇自言虽幸免于死，但亦被掳辱。诗云："妾身幸得全刀锯，不敢踟蹰久回顾。旋梳蝉鬓逐军行，强展蛾眉出门去。万里从兹不得归，六亲自此无寻处。一从陷贼经三载，终日惊忧心胆碎。夜卧千重剑戟围，朝餐一味人肝脍。鸳帏纵入岂成欢，宝货虽多非所爱。蓬头面垢眉犹赤，几转横波看不得。"

写长安劫中的饥饿残破之状云："四面从兹多厄束，一斗黄金一升粟。尚让厨中食木皮，黄巢机上刲人肉。东南断绝无粮道，沟壑渐平人渐少。六军门外倚僵尸，七架营中填饿殍。长安寂寂今何有，废市荒街麦苗秀。采樵斫尽杏园花，修寨诛残御沟柳。华轩绣毂皆销散，甲第朱门无一半。含元殿上狐兔行，花萼楼前荆棘满。昔时繁盛皆埋没，举目凄凉无故物。内库烧为锦绣灰，天街踏尽公卿骨。”

从贼中逃出长安

此诗开端云：“中和癸卯春三月，洛阳城外花如雪。”癸卯为中和三年(883 年)，是年四月，李克用应唐朝帝室之召，率沙陀及鞑靼诸部兵南下，与黄巢战，巢众大败，巢焚宫室遁去，收复长安，秦妇之逃难东奔，而到洛阳，当在长安克复之前。

端己在洛阳邂逅秦妇，追忆其言而写此诗，他也是从长安逃出来的。按黄巢陷京之时，端己正寓长安，是年应进士试，陷贼中。大病，与弟妹相失。端己《浣花集》有五律一首，题曰：“贼中与萧韦二秀才同卧重疾，二君寻愈，余独加焉。恍惚之中，因题一律”。句曰：“弟妹不知处，兵戈殊未休”。第二年中和元年（881 年）与弟妹重逢，有诗云：“田园已没红尘里，弟妹相逢白刃间。”

巢将尚让，攻长安时为“平唐大将军”，及巢称帝，尚让为伪宰相。据《通鉴》，是年三月，有人在尚书省门题诗嘲贼，尚让怒，大索城中能做诗者，凡杀三千余人。端己此时在长安，幸免大难而未被捕杀，但是极度危险的。

端己逃难长安，据夏承焘所写韦氏年谱，考定为中和二年壬寅（882 年）的春天，也是黄巢兵败离长安的前一年。

《秦妇吟》秦妇自称“三年陷贼留秦地”，端己逃到洛阳则似较她为早。诗中的秦妇是否实有其人，还是端己的假托，虽无法确定，但端己于中和二年春逃出长安是极可能的。因是年四月官军曾一度入城，巢率众弃城走。虽不久再入长安，在那段间隙时期，当有逃离京城的机会。

深讳此诗的原因

端已逃出长安，到洛阳，住了约一年，继作江南之行。《秦妇吟》末云："适闻有客金陵至，见说江南风景异。自从大寇犯中原，戎马不曾生四鄙。"又云："奈何四海尽滔滔，湛然一镜平和砥。避难徒为阙下人，怀安却羡江南鬼。"在洛阳写了此诗，遂决心前往江南。以后曾滞留江南三年，为镇海军节度使周宝之客，据王国维《秦妇吟跋》，谓端已初到江南，即以此诗上献周宝，诗中最后一联云："愿君举棹东复东，咏此长歌献相公"。他早已决定以此诗献周宝，可见是他动身之前不久所写。周宝有"同平章事"的官衔，故曰"相公"。

然而端已贵后，深讳此诗，其弟韦蔼编集其诗，名《浣花集》，即未收录，后世遂失流传，今日所见，系于清光绪二十六年（1900 年）发现于敦煌石窟，计五种写本，流传到了欧洲，现伦敦博物馆藏有三种，巴黎图书馆有两种。

宋孙光宪《北梦琐言》，谓"蜀相韦庄应举时，黄巢犯阙，著《秦妇吟》一篇，内一联云：内库烧为锦绣灰，天街踏尽公卿骨。尔后公卿亦多垂讶，庄乃讳之。时人号'秦妇吟秀才'。他日撰家戒，内不许垂《秦妇吟》幛子，以此止谤，亦无及也"。

唐人诗篇，有写成幛子，悬挂以作装饰的习俗，欲讳此诗，不许子孙悬挂书写《秦妇吟》的幛子，然当时已经流传，且称端已为"秦妇吟秀才"，故曰"亦无及也"。

其讳之原因，是不是如琐言所说，为了"内库"、"天街"两句，陈寅恪作《读〈秦妇吟〉》，以为不然。盖宗庙焚烧，当时诏令中尚且不讳。他说：“更何有于民间乐府所言之锦绣成灰，公卿暴骨乎？”又云：“即此二句果有所甚忌讳，则删去之或改易之可也，何至并其全篇而禁绝之。”

其比较可能的原因，为对长安以东，洛阳以西，官军的纪律废弛，骚扰民间，描写甚为露骨。如云：“自从洛下屯师旅，日夜巡兵入村坞。匣中秋水拔青蛇，旗上高风吹白虎。入门下马若旋风，罄室倾囊如卷土。”

后来在西蜀称帝的王建，端己且在其朝任吏部侍郎同平章事，当年属杨复光部，为大将之一，而复光部下其他诸将，后来不少是王建帝蜀的元勋。陈寅恪云：“从长安东出奔洛阳者，自须经杨军防地。”《秦妇吟》所言“罄室倾囊”的兵士，为秦妇在新安遇一遭难老翁所述，虽没有指明何部军队，但对官军实为一般的讽刺。端己为西蜀高官之后，此写故国乱离之诗，无意中触及新朝亲事之主及朝中权贵的忌讳，虽云写实，亦可能惹祸，所以垂戒子孙，禁其传布。

兵戈扰攘流离颠踬

端己不仅以诗著，词亦为残唐名家。五代之初，后蜀赵崇祚编我国最早的十卷词选——《花间集》，录端己的作品四十八首。他用浅直清浅的笔致，低徊往复，写儿女情怀，也就是况周颐《蕙风词话》所云：“尤能运密入疏，寓秾于淡，花间群贤，殆鲜其匹”。

感情的激发回荡，当然与作者的生活和际遇有关。

前面说过，端己于中和三年（883 年）也就是写《秦妇吟》的那一年，他从洛阳到了江南，其时年四十八岁。后于光启二年（886 年）欲北返，拟经皖、豫返长安，因潼关一带道路障绝，第二年光启三年（887 年）折回江南，先到金陵，继寄居婺州（今之金华），他把家眷安顿在那里，自己则间关万里，求仕求食，行踪大抵自浙之赣，次之湘，之鄂，再由赣返浙。

直到昭宗景福二年（893 年），始重返长安应试。次年乾宁元年（894 年）第进士，官校书郎。

英国汉学家纪尔思（Lionel Giles）作《〈秦妇吟〉笺证》，谓广明元年（880 年）黄巢入长安的时候，端已在京应试秀才，夏承焘指出其说未允，案《新唐书·选举志》，唐于高宗永徽二年（651 年）停秀才科，早在约两百余年之前，就废止秀才科。端已作《秦妇吟》，时人称之为“秦妇吟秀才”，秀才，乃当时士子的通称，端已到乾宁元年举进士，广明元年所应也是进士试，试而未第，或因长安大乱而没有结果。

乾宁四年（897 年），两川宣谕和协使李询，辟端已为判官。《新五代史》云：“是年五月，王建自将攻东川，昭宗遣谏议大夫李询，判官韦庄，宣谕两川。诏建罢兵。”到了四川，王建不奉诏。这是他第一度入蜀，也是与王建发生关系之始。天复元年（901 年），六十六岁，再度入蜀，应聘为王建掌书记。自此终身仕蜀。天祐四年（907 年），朱全忠篡唐，王建据蜀称帝，用端已为相，直到蜀高祖（王建）武成三年（910 年），年七十五岁，卒于成都。

回忆往事感慨甚深

唐末的大变动，端已一生大部分时间在兵戈扰攘，流离颠踬之中。晚年在蜀，他的年龄、时世和环境，使他羁留此地，欲归不得，已成定局。回忆往事，自多感慨，尤其想到洛阳和江南，这些旧游之地，当时虽也在不安定的漂泊情况之下，但不乏一些旖旎的艳事，脉脉柔情，有缱绻，有离别，有欢爱，也有眼泪，前尘如梦，不堪回首，他以五首著名的《菩萨蛮》，抒写了无限感慨的情怀：

红楼别夜堪惆怅，香灯半卷流苏帐。残月出门时，美人和泪辞。琵琶金翠羽，弦上黄莺语，劝我早归家，绿窗人似花。

人人尽说江南好，游人只合江南老。春水碧于天，画船听雨眠。垆边人似月，皓腕凝双雪。未老莫还乡，还乡须断肠。

如今却忆江南乐，当时年少春衫薄。骑马倚斜桥，满楼红袖招。翠屏金屈曲，醉入花丛宿。此度见花枝，白头誓不归。

劝君今夜须沉醉，樽前莫话明朝事。珍重主人心，酒深情亦深。须愁春漏短，莫诉金杯满。遇酒且呵呵，人生能几何。

洛阳城里春光好，洛阳才子他乡老。柳暗魏王堤，此时心转迷。桃花春水绿，水上鸳鸯浴。凝恨对残晖，忆君君不知。

五首之中，两首明指回忆江南，一首是洛阳。《红楼别夜》及《劝君沉醉》两阕，没有指出何地，但是同样回忆当年的佳丽，有脉络可寻，可能一气呵成，但我们不能臆断它亦是洛阳或江南。晚年怀思，追忆往日旧事，当然决不限于一地或一个对象。

欧阳炯序《花间集》云：“绮筵公子，绣幌佳人，递叶叶之花笺，文抽丽锦。举纤纤之玉指，拍按香檀。不无清绝之词，用助娇娆之态。”词本是文学和音乐的结合，付诸歌姬们按拍讴歌，以供清娱的。有时作者虽胪写自己所经验的往事，但必含蓄而不着边际。

端己五首《菩萨蛮》究竟所咏何人何事，在没有其他确凿记载为佐证的情形之下，无法作捕风捉影的臆测。但五首都有鲜明的女性对象，呼之欲出，必有事实根据，这是可以断言的。

一个存疑的传说

据宋人杨湜所撰《古今词话》，谓端已晚年在蜀，尝有宠爱的姬侍为蜀主夺去，其言曰："韦庄以才名寓蜀，王建割据，遂羁留之。庄有宠人，资质艳丽，兼善词翰，建闻之，托以教内人为词，强庄夺去。庄追念悒怏。作《小重山》及《空相忆》。"云：

空相忆，何计得传消息。天上姮娥人不识，寄书何处觅？新睡觉来无力，不忍把伊书迹。满院落花春寂寂，断肠芳草碧，情意凄怨，人相传播，盛行于时，姬后闻之，遂不食而卒。

《小重山》词，首句云："一闭昭阳春又春"，是宫怨体裁。杨湜所说王建夺姬，并谓端已诗集补遗有悼亡姬之作。诗云："若无少女花应老，为有姮娥月易沉"、"湘江水阔苍梧远，何处相思弄舜琴"，与《空相忆》"天上姮娥"及《忆帝乡》"说尽人间天上两心知"，《荷叶杯》"碧天无路信难通"诸句，语意相类，词疑亦悼亡姬作。

夏承焘作端已年谱，谓杨湜所云，近于附会。他有三个理由：一、《新五代史·前蜀世家》称："（王）建虽起盗贼，而为人多智诈，善待士。"似不致有此。二、端已《悔恨》一首悼亡姬云："才闻及第心先喜，试说求婚泪便流。"其悼亡在初及第时，非入蜀后事。三、湜，宋人，其词话记东坡词事，尚有谬误，此尤无征难信。

夏氏的考证甚谛，然若读端已的两阕《荷叶杯》，则杨湜之说，又似乎觉得并非绝对无因，词云：

绝代佳人难得，倾国，花下见无期。一双愁黛远山眉，不忍更思惟。闲掩翠屏金凤，残梦，罗幕画堂空。碧天无路信难通，惆怅旧房栊。

记得那年花下，深夜，初识谢娘时，水堂西面画帘垂，携手暗相期。惆怅晓莺残月，相别，从此隔音尘。如今俱是异乡人，相见更无因。

词中谓“不忍思惟”、“碧天无路”、“隔音尘”、“俱是异乡人”、“相见无因”等语，模糊影响，仍可穿凿到杨湜所说的故事。然而此一佳人，也可能为另一对象。究竟如何，只能付之存疑而已。

李后主与两周后

“春花秋月何时了”

春花秋月何时了？往事知多少。小楼昨夜又东风，故国不堪回首月明中。雕阑玉砌应犹在，只是朱颜改。问君能有几多愁，恰似一江春水向东流。

此南唐李后主（煜）国亡归宋后，怀念故国所作《虞美人》词。往事不堪回首，凄怨哀感，抑郁牢骚，此词遂成千古绝唱。昔人评曰：“吐露心中万斛愁恨，令人不堪卒读。”

南唐李氏，原不过五代割据群雄之一，为了政治号召，冒姓李，自称唐宗室之后，在江南也建国号称帝。元宗李璟死后，传至后主李煜，宋室已兴，太祖渐次削平群雄，后主曾改称江南国王，向宋廷纳贡，修藩臣之礼。宋开宝七年（974 年），太祖遣曹彬伐江南，八年二月宋师薄金陵，十一月城陷，后主出降。曹彬俘后主归汴，在一大群俘虏中，有后主的继后周氏，后世记载，称之为“小周后”。

后主偕小周降宋，在汴期间，据宋王性之《默记》，曾发生宋太宗逼幸小周后的屈辱之事。《默记》云：“李国主小周后，随后主归朝，封郑国夫人。例随命妇入宫，每一入辄数日而出，必大泣，骂后主，声闻于外，后主多宛转避之。”

后来元代画家尝有一幅《太宗逼幸小周后图》，明沈德符在其《野获编》，对此图有所描述：“太宗戴幞头，面黔黑而体肥，周后肢体纤弱，数宫女抱持之，周作蹙额不能胜之态。”

李后主归宋后，不足三年死，小周后不久亦卒。后主之死，据王性之《默记》，为太宗命秦王以“牵机药”所毒毙。“牵机药者，服之，前却数十回，头足相就如牵机状也。”但据与后主一同投降的旧臣徐铉所撰后主墓志，则曰，“构疾卒”。龙衮《江南默史》亦曰：“太平兴国三年（978 年）秋，后主因疾作，上（太宗）宣翰林医视药，中使慰谕者数四，翌日而卒。”《南唐书》亦云：“三年公病，中使慰谕者数四，翌日而卒。”

精审的史家，都以为牵机药之说为不可信。牵机药毒性既烈，服后不应隔日方死，而宋初对诸国降王，都很宽大，正如赵翼《廿二史札记》所云：“角力而灭其国，角力而臣其人，未有不猜防疑忌而至于杀戮者，独宋初不然。……统计诸降王及诸降臣，无一不保全者。”

太祖命曹彬将兵伐江南之初，谕曹彬曰：“李煜一门，不可加害”。太宗于开宝九年（976 年）十月继位，次月即将后主（违命侯）封号，晋为“陇西郡公”，明年二月，又增给后主月俸。后主优柔文弱，虽有思念故国的吟咏，但无复国的野心与能力，似乎用不着猜忌酖杀，牵机药之说，未必是事实。

“今朝好向郎边去”

亡国之前，后主在江南，与小周有不少风流韵事。

清画家周兼，工仕女，衣纹清古，设色淡雅，尝作《南唐小周后提鞋图》，画的是后主与小周后在没有正式结缡前偷情密爱的一个镜头。此图今仅见文字记载，是否尚在人间，已不可得知。

后主有《菩萨蛮》词，咏他和小周的风流韵事，图即据词意而写，词云：

花明月黯笼轻雾，今朝好向郎边去。衩袜步香阶，手提金缕鞋。画堂南畔见，一晌偎人颤。奴为出来难，教君恣意怜。

偷偷摸摸，因恐被人听见，手中提鞋，衩袜移步，在花明月黯之夕，到画堂与情郎幽会，故图名“提鞋”。“偎人颤”三字，把紧张心跳的情况，体贴入微，刻画细腻。

后主另一词，亦《调寄菩萨蛮》，据传，写小周昼寝，他潜入闺中情景。词云：

蓬莱院闭天台女，画堂昼寝人无语。抛枕翠云光，绣衣闻异香。潜来珠锁动，惊觉银屏梦。慢脸笑盈盈，相看无限情。

两词温馨旖旎，后主的风流，小周的痴情，跃然纸上，用笔平易率直，而意味无穷。后主是亡国之君，在政治上一无可取，而倚声填词，虽属小技，却不愧南面千古。昔人评此两词曰：“情真景真，与空中语自别。”

后主与小周恋爱，史书记之，为无可置疑的事实。后主词，传于后世者五十余首，历代版本，次第凌乱，治史或诠释者不能考其写作年月，仅就所咏内容，酌定先后。此两阕《菩萨蛮》是否确为小周而作，前人均未提出确凿佐证，然自内容判断，有迹可寻，历来均认舍小周莫属，岂如昔日老吏断狱，所谓“事出有因，查无实据”吧？

后主别有《菩萨蛮》一阕，写少女演奏管乐时的娇媚情态，论者亦以为咏小周之作，云：

> 铜簧韵脆锵寒竹，新声慢奏移纤玉。眼色暗相钩，秋波横欲流。雨云深绣户，来便谐衷素。燕罢又成空，魂迷春睡中。

小周之姊昭惠后，为后主元配，素精音律。小周之娴乐器，受姊熏陶，当在情理之中。其器铜簧竹管，非箫非笛，其为笙乎？

别有《捣练子》一阕，写少女在恋爱中娇愁善感的情怀，疑亦为小周而作，词云：

> 云鬟乱，晚妆残，带恨眉儿远岫攒。斜托香腮春笋嫩，为谁和泪倚阑干？

清贺裳之《皱水轩词筌》，谓后主《捣练子》二篇，众刻无异，尝见一旧本，则俱系《鹧鸪天》。二词之前，各多半阕。此篇遗上半阕云："节候虽佳景渐阑，吴绫已暖越裳寒。朱扉日暮随风掩，一树藤花独自看。"下换头，接云鬟乱五句。贺云："增前四语，觉神采加倍。"

小周是后主元配周娥皇之妹，娥皇死后，谥昭惠后，而小周之名已不可考。姊妹两人，为广陵人司徒周宗之女。后主与昭惠结婚是在南唐元宗十二年（954年），时年十八岁，昭惠比后主长一岁，她是才貌双绝的女子，与后主共度了十年甜蜜的婚后生活，病死于宋太祖乾德二年（964年），隔了四年，正式立小周为后。小周比她姊姊小好多岁，美慧不逊其姊，自幼出入宫掖，很得后主之母圣尊后钟氏的喜爱。昭惠病时，始与后主恋爱。马令之《南唐书·继室周后传》云：

> 后王继室周后，昭惠之母弟也。警敏有才思，神采端静。昭惠感疾，后尝出入卧内，而昭惠未之知也。一日，因立帐前，昭惠惊曰："妹在此

耶？”后幼，未识嫌疑，即以实告曰：“既数日矣”。昭惠恶之，返卧不复顾。

“向人微露丁香颗”

后主与元配昭惠情爱亦笃，昭惠死后，后主伤悼至为沉痛，有若干缠绵悱恻的诗、文、词流传到后世。所撰诔词，把昭惠的仪德才艺，描写得很细腻。

言其美，曰：“纤秾挺秀，婉娈开扬。艳不至冶，慧或无伤”。又云：“会犟发笑，擢秀腾芳。鬓云留鉴，眼彩飞光。情漾春媚，爱语风香。”写其仪容，更云：“烟轻丽服，雪莹修容。纤眉范月，高髻凌风”。

昭惠丰才多艺，擅乐器外，亦长歌舞。诔词云：“歌萦柔调，奇器传华。翠虬一举，红袖飞花。……发扬掩仰，纤紧洪奢。穷幽极致，莫得微瑕。审音者仰止，达乐者兴嗟。”

后主有小令《一斛珠》一阕，近人蒋励材作《李后主词传》，以为是写昭惠初婚在宫闱中歌唱的娇憨情态，此词亦见宋欧阳修《醉翁琴趣外篇》。《尊前集》则作后主词，当以后主为是，唯所咏对象，是否昭惠，亦属查无实据的明智臆测，姑从蒋说引之，词云：

> 晚妆初过，沉檀轻注些儿个。向人微露丁香颗，一曲清歌，暂引樱桃破。罗袖裛残殷色可，杯深旋被香醪涴。绣床斜凭娇无那，烂嚼红茸笑向檀郎吐。

昭惠的音乐才艺，不限于歌唱或演奏乐器，且能作曲。毛先舒《南唐拾遗记》云：“昭惠后善音律，能为小词，其所用笔曰点青螺。”陆游《南唐书》

云："昭惠后好音律，时得新声。"马令《南唐书》亦载："后主常演念家山旧曲，后复作《邀醉舞》、《恨来迟》新破，皆行于时。"

陆游之《南唐书》记有一个颇富风趣的小故事，说她"尝雪夜酣燕，举杯请后主起舞。后主曰：汝能创为新声则可矣。后即命笺缀谱，喉无滞音，笔无停思，俄顷谱成，所谓《邀醉舞破》也。又有《恨来迟破》，亦后所制"。

唐开元、天宝间著名的《霓裳曲》，时已失传，后主命昭惠就残缺旧谱，重写新声。诔词有云："霓裳旧曲，韬音沦世。失味齐音，犹伤孔氏。故国遗声，忍乎湮坠？我稽其美，尔扬其秘。程度余律，重新雅制。非子而谁，诚吾有类。"

清顾怀三《补〈五代史·艺文志〉》谓："霓裳谱一卷，南唐后主周后撰。"惜书已不传。

后主的生活，极富艺术意味，而且豪华富丽，尽奢靡享乐的极致。其父元宗于中兴元年（958 年）奉周正朔，无帝号。后主婚后，到宋建隆二年（961 年）元宗殂，嗣位金陵，遣使如宋，奉朔称号，悉遵周制。南唐国势，早已衰微，此时不过偏安苟存的宋朝附庸弱小而已。

然后主与昭惠，始终沉湎于纸醉金迷的生活中，我们在这里可以旁及他们的奢靡情况。后主曾赋《浣溪沙》一阕，写宫中的狂欢醉舞，词云：

> 红日已高三丈透，金炉次第添香兽，红锦地衣随步皱。佳人舞点金钗溜，酒恶时拈花蕊嗅，别殿遥闻箫鼓奏。

昔人所焚香料，抟作兽形，故名香兽，放入炉中焚之，香烟霭霭，氤氲满室。南唐宫中所用香料，甚讲究。洪刍《香谱》云："江南李主帐中香法，用丁香、馢香、沉香、檀香、麝香各一两，甲香三两，细莝，加以鹅梨十枚，研取汁于银器内盛却，蒸三次，梨汁干即用之。"

陶穀之《清异录》云："李煜居长秋，周氏居柔仪殿，有主香宫女。其焚香之器，曰把子莲、三云凤、折腰狮子、小三神山、卍字、金凤口、罂玉、太古容华鼎，凡数十种，皆金玉为之。"

后主爱花，《清异录》云："每春盛时，梁栋窗壁，柱拱阶砌，并作隔筒，密插杂花，榜曰：锦洞天"。又云："庐山僧舍有麝囊花一丛，色正紫，类丁香，号紫风波。江南诏取数十根，植于移风殿，赐名蓬莱紫"。

《五国故事》云："煜有慧性而尚奢侈。常于宫中以销金红罗幂其壁，以白银钉玳瑁而押之。又以绿钿刷隔眼，糊以红罗，种梅花于其外。又于花间设采画小木亭子，才容二座，煜与爱姬周氏对酌于其中，如是数处。"

"晚妆初了明肌雪"

后主另一词，《调寄玉楼春》云：

> 晚妆初了明肌雪，春殿嫔娥鱼贯列。凤箫吹断水云间，重按霓裳歌遍彻。临春谁更飘香屑，醉拍阑干情味切。归时休照烛花红，待踏马蹄清夜月。

嫔娥们晚妆初罢，鱼贯上殿，配合音乐，婆娑起舞，而《霓裳曲》，正是昭惠的"重新雅制"。

这里所谓飘香屑用一"飘"字，则香料不仅用于焚烧，且挫成粉屑飘洒，亦如今日结婚典礼之用五色纸屑向新娘飘洒乎？

南唐宫嫔且有别出心裁的衣饰和化妆。陆游《南唐书》云："（昭惠后）宠嬖专房，创为高髻纤裳及首翘鬓朵之妆，人皆效之。"《清异录》云："江南晚季，建阳进茶油花子，大小形制各别，极可爱。宫嫔缕金于面，背以淡妆，以此花饼施于额上，时号北宛妆。”又《宋史》载：“煜妓妾尝染碧，经夕未收，会露下，其色愈鲜明。煜爱之，自是宫中竞收露水染碧以衣之，谓之天水碧。”

昔时妇女，足以纤小为美，然人工加以裹缠，据传始自后主宫中，南宋周密之《浩然斋雅谈》，引《道山新闻》云：“李后主宫嫔窅娘，纤丽善舞。后主作金莲，高六尺，饰以宝物，细带缨络，莲中作五色瑞云，命窅娘以帛裹足，令纤小，屈上作新月状。素袜舞花中，回旋有凌波之态。唐镐诗曰：莲中花更好，云裹月常新。人皆效之”。后世形容女子足美，谓之三寸金莲，典即出此。

后主的豪侈，宋王性之《默记》有故事云：“小说载，江南大将获李后主宠姬，夜见灯，辄闭目，云：烟气。易以蜡烛，亦闭目，云：烟气愈甚。曰：然则宫中未尝点烛耶？云：宫中本阁，每至夜则悬大宝珠，光照一室，如日中也”。

我国传说，珠能发光，今日里巷细民类能言之，所谓夜明珠是也。然究非物理之可能，上一故事，想象成分较多，姑妄言之，亦姑忘听之。

又，宋田况之《儒林公议》云：“马亮尚书典金陵，于牙城艮隅，掘地得汞数百斤，鬻之以备供帐。其地乃伪国（南唐）德昌宫遗址，此铅华之灰积也。李氏区区，偏据江南之地，而淫色奢纵如此，欲其国祚之永长，其可得乎？”《方舆胜览》亦云：“本朝修李氏宫，掘地得水银数十斛，宫娥弃粉腻所积也。”

“夜长人奈何”

后主与昭惠为伉俪，先后仅十年，享尽了人间富贵风流，在昭惠逝世以前，卧病期间，他俩的爱子仲宣因意外而夭亡，仅早昭惠死期一个月。

仲宣为后主幼子，释文莹之《玉壶清话》云："后主煜幼子，宣城郡公仲宣，周后所生。敏慧特异，眉目神采若图画，三岁能诵《孝经》及古杂文。煜置膝上，授之以数万言。闻作乐，尽别其节"。

宋乾德二年（964年）十月间，"仲宣裁四岁。一日，戏佛像前，有大琉璃灯为猫触堕地，划然有声，仲宣因惊得痫疾"（吴任臣之《十国春秋》）。后数日即死，病中的昭惠受不住此一打击，于十一月初二日亦溘然长逝。

马令之《南唐书·昭惠后传》云："后生三子皆秀嶷，其季仲宣，僄宁清峻，后尤钟爱，自鞠视之。后既病，仲宣甫四岁，保育于别院，忽遘暴疾，数日卒。后闻之，哀号颠仆，遂致大渐。后主朝夕视，食、药非亲尝不进，衣不解带者累夕。后病虽亟，爽迈如常。谓后主曰：婢子多幸，托质君门，冒宠乘华，凡十载矣。女子之荣，莫过于此。所不足者，子殇身没，无以报德。遂以元宗所赐琵琶及约臂玉环，亲遗后主。又自为书请薄葬。越三日，沐浴正衣妆，自内含玉，殂于瑶光殿之西室。"

子殇妻殁，后主的哀伤，当可想见。《十国春秋》云："后主哀苦伤神，扶杖而起。自制诔，刻之石，与后所爱金屑檀槽琵琶同葬。又作书燔之，自称鳏夫煜。其辞数千言，皆极酸楚。"

诔文于前面已略引述，最后一段，尤沉痛。云："岁云暮兮，无相见期。情瞀乱兮，谁将因依？……神之不仁兮，敛怨为德。既取我子兮，又毁我室。……天漫漫兮愁云曀，空暧暧兮愁烟起。娥眉寂寞兮闭佳城，哀寝悲氛兮竟徒尔。"又云："木交枸兮风索索，鸟相鸣兮飞翼翼。吊孤影兮孰我哀，私自怜兮痛无极。……夜寤皆感兮，何响不哀？穷求弗获兮，此心隳摧。号无声兮何续，神永逝兮长乖。"

后主所作《长相思》及《采桑子》，据说也可能为悼念昭惠之作。

《长相思》云：

云一緺，玉一梭，澹澹衫儿薄薄罗，轻颦双黛螺。秋风多，雨相和，帘外芭蕉三两棵。夜长人奈何！

《采桑子》云：

庭前春逐红英尽，舞态徘徊。细雨霏微，不放双眉时暂开。绿窗冷静芳音断，香印成灰。可奈情怀，欲睡朦胧入梦来。

后主的词婉挚清新，凄怆哀怨，且擅书画，在我国文学及艺术史上，都有他卓越的地位。其一生，初则纵情声色，沉湎物欲，后来国破身亡，落一个十分悲惨的结局。

有人说，文学家的气质，与所谓管理众人之事的政治工作，是格格不相入的。文人而为政治领袖，于国无益，于己有损。明陈眉公《论李后主》曰：“天何不使后主现文士身，而必予以天子位？”惋惜中有无限感慨。

北宋文人的男女关系

一肚皮不合时宜

北宋诗人苏东坡（轼）殁后其弟子由（辙）为之作墓志铭，有云：“其于人，见善称之如恐不及，见不善斥之如恐不尽，见义勇于敢为而不顾其害，用此数困于世。”《宋史》论东坡亦曰：“或谓轼稍自韬戢，虽不获柄用，亦当免祸。”

东坡一生，行己以直，得罪权贵，虽先后获神宗和哲宗的赏识，终不能安于朝，晚年被诬以谤讪之罪，一贬再贬，万里投荒，流窜海南七载。元符间赦归，老将就木，贫病以殁。子由和《宋史》的论断是中肯的。

《四朝闻见录》和《梁溪漫志》均载有同一故事，略谓：

东坡一日退朝食罢，扪腹徐行，顾谓侍儿曰：“汝辈且道是中有何物?”一婢遽曰：“都是文章。”坡不以为然。又一人曰：“满腹是识见。”坡亦未以为当。至朝云乃曰：“学士一肚皮不合时宜。”坡捧腹大笑。

朝云一语道破了东坡持正不阿、择善固执的为人态度。也显出了她的聪明伶俐。

《青泥莲花记》谓，朝云姓王氏，字子霞，钱塘名妓。东坡官钱塘，纳为常侍。

东坡曾两度为官钱塘，一为神宗熙宁四年迄七年（1071－1074年）任杭州通判。二为哲宗元祐四年（1089年）以龙图阁直学士知杭州，迄六年（1091年）还朝。

纳朝云当在第一次任官杭州的时候，东坡尝于朝云死后，作墓志云："朝云姓王氏，钱塘人，事先生二十三年，绍圣三年（1096年）卒于惠州，年三十四。"

王宗稷《东坡先生年谱》据此以岁月考之，朝云事东坡，始于熙宁七年（1074年），时东坡年三十九，即通判杭州任之最后一年。朝云卒年三十四，乃生于嘉祐八年（1063年），来事东坡，年方十二。《青泥莲花记》称，她是钱塘名妓，东坡得于妓家当系事实，唯十二稚龄，未必即有盛名。

东坡于绍圣元年（1094年）贬惠州，朝云卒于三年（1096年），系到惠州之又明年，东坡年六十二。东坡于六十五岁北归，明年卒于常州，则朝云之死，早于东坡四年而已。

春去秋来自多悲感

到惠州之年，东坡有《戏赠朝云》诗，序云："予家有数妾，四五年相继辞去，有朝云者，随余南迁，因读《乐天集》，戏作此诗"。诗云："不似杨枝别乐天，恰如通德伴伶玄，阿奴络秀不同老，天女维摩总解禅，经卷药炉新活计，舞衫歌扇旧因缘，丹成逐我三山去，不作巫阳云雨仙。"东坡所撰墓志有云："朝云始不识字，晚忽学书，粗有楷法。盖尝从泗上比丘尼冲义学佛，亦略闻大义。”故诗中有“天女维摩”之句。《苕溪渔隐丛话》评之为诗意绝佳，“略去洞房之气味，翻为道人之家风”。

诗序又云，朝云“尝有子曰乾儿，未期而夭”。集中有《哭乾儿》诗，引云：“去岁（1079年）九月二十七日在黄州生子名遯，小名乾儿，欣然颖异。至今年七月二十八日病亡于金陵，作二诗哭之”。以后朝云并未再有生育。

东坡于惠州栖止三年，生活较绍圣四年（1097年）再贬昌化后略佳，始二年有朝云为侍，尚有闺房之乐，然远离故土，春去秋来，自多悲感。《宋艳》一书，载东坡在惠州故事云：

> 子瞻（东坡）在惠州，与朝云闲坐。时青女初至，落木萧萧，凄然有伤秋之意。命朝云把大白，唱“花褪残红”。朝云歌喉将啭，泪满衣襟，公诘其故。答曰：“奴所不能歌者，枝上柳绵吹又少，天涯何处无芳草也。”公皤然大笑曰：“吾方悲秋，汝又伤春矣。”遂罢。后朝云死，公不复听此词。

花褪残红，东坡所作《蝶恋花》词也。

朝云既死，东坡有词悼之。又于惠州栖禅寺大圣塔葬处，作亭覆之，名之六如亭。词托意于梅，云：

> 玉骨那愁瘴雾，冰肌自有仙风。海山时遣探芳丛，倒挂绿毛么凤。素面常嫌粉污，洗妆不褪唇红。高情已逐晓云空，不与梨花同梦。

《冷斋夜话》曰：“时侍儿朝云新亡，其寓意为朝云作也。”

在古代以男性为中心的社会里，聪慧如朝云，蕙心兰质，除忠事东坡外，无所表见于世，名亦仅赖东坡以传。这是她的幸呢，还是不幸？

香艳的无稽传说

东坡有小令一阕，《调寄卜算子》，相传此词有一段香艳的故事背景。词云："缺月挂疏桐，漏断人初静。时见幽人独往来，缥缈孤鸿影。惊起却回头，有恨无人省。拣尽寒枝不肯栖，寂寞沙洲冷。"

黄山谷谓此词东坡谪居黄州时作，"词意高妙，非吃烟火食人语"。南宋王楙所撰《野客丛书》，据临江人王说字梦得者，谓"此词东坡在惠州白鹤观所作，非黄州也"。并云：

> 惠有温都监女，颇有色，年十六，不肯嫁人。闻东坡至，甚喜。谓人曰："此吾婿也。"每夜闻东坡讽咏，则徘徊窗外。坡觉而推窗，则其女逾墙而去。坡从而物色之，温具言其然。坡曰："吾当呼王郎与子为姻。"未几，坡过海，此议不谐。及坡回惠日，其女已死，葬于沙滩之侧。坡怅然为赋《孤鸿》……盖借鸿为喻，非真言鸿也。"拣尽寒枝不肯栖"者，谓少择偶不嫁。"寂寞沙洲冷"者，指其葬所。说（梦得）之言如此，其说得之广人蒲仲通。未知是否，姑志于此。

考东坡于绍圣元年（1094年），有贬英州之命，未到任，再贬宁远军节度副使惠州安置，是年十月三日到惠州，时东坡年五十有九。初居水东嘉祐寺，明年迁合江楼。东坡在惠州有《和陶渊明移居》诗自序云："余去岁三月，自水东嘉祐寺迁居合江楼，迨今一年，多病寡欢，颇怀水东之乐也。得归善县后隙地数亩，父老云：古白鹤观也。意欣然，欲居之。乃和此诗。"

又《和陶时运诗》自序云："丁丑二月二十四日，白鹤峰新居成。"东坡居白鹤当始于此时。丁丑为绍圣四年（1097年），东坡年六十二矣。

以多病寡欢的六十二衰翁，即使有此爱才多情类乎神经病的所谓温都监女，东坡如果真有“吾当呼王郎与子为姻”的话，岂不也成了神经病吗？王郎为东汉人，知星卜之术。用此典，意谓命述人为婚姻卜吉。此非事理所可能。

东坡于绍圣四年（1097年）再谪儋耳，集中有《七月十三日到儋耳》诗，则居白鹤者只五个月耳。元符三年（1100年）大赦北还，其弟子由所作《东坡墓志》云：“初徙廉，再徙永，已乃复朝奉郎提举成都玉局观，居从其便”。东坡渡海北归，据其著作考之，并未再经惠州，遑论居白鹤作此词？其行程：先至廉州，再取水路历容、藤，至梧州，旋经广州北行过岭。

则上述故事中，“坡回惠日，女已死矣”云云，全属捕风捉影的无稽之谈。

莫须有的另一说

惠州温女之事，既非事实，然另有说，谓此词作于黄州，山谷所云，前已引述。山谷为苏门弟子，其言必可信。然山谷没有说此词有什么女性牵连，说有女性关系者为南宋吴曾的《能改斋漫录》，其言曰：

> 东坡《卜算子》，其属意盖为王氏女子也。读者不能解。张右史文潜，继贬黄州。访潘邠老，尝得其详。题诗以志之云：空江月明鱼龙眠，月中孤鸿影翩翩。有人清吟立江边，葛巾藜枝眼窥天。夜冷月堕幽灵泣，鸿影翘沙衣露湿。仙人采诗作步虚，玉皇饮之碧琳腴。

即使有些传说，未见张文潜本人记载，诗虽与东坡《卜算子》词意呼应，然也丝毫看不出有何暗示，足以附会到所谓王姓女子之事。

按，东坡于元丰三年（1080 年）二月到黄州，这一次贬谪，是他政治生活首次遭遇的重大打击。先一年，他在知湖州任，他的政敌，摘其《知湖州谢上表》中语，以为谤，朝廷遣官逮赴御史狱，东坡所撰《王子立墓志》云："予得罪于吴兴，亲戚故旧皆惊散，独两王子不去，送予出郊，曰：死生祸福天也，公其如天何？"又东坡《上文潞公书》云："某始就逮赴狱，有一子稍长，徒步相随，其余守舍皆妇女幼稚。至宿州，御史符下，就家取书，州郡望风遣吏发卒，围船搜取，长幼几怖死。"

及狱具，以黄州团练副使安置。在这种际遇之下，到了黄州，岂能有所谓王氏女子的闲情逸致乎？

迄元丰七年（1084 年）四月，乃有量移汝州之命，东坡居黄约四年。他的生活是艰窘的。东坡八首自序云："余在黄二年，日以困匮，故人马正卿哀余乏食，于郡请故营地，使躬耕其中。"又《上文潞公书》云："到黄州，无所用心，覃思《易》、《论语》，若有所得。"

从他的境遇与情绪言，唯有读书思过，岂能有拈花惹草之事乎？

吴曾所传王氏女子之说，也是无稽的附会而已。

稗官野乘，有时不失为绝妙史料，然亦多绝无事实的齐东野语，书此以见信史之难，资料鉴别之不易。

或谓"词"是娼妓文学

秦少游（观）诗文为北宋大家，词尤婉丽，和他同时代的名公学者，颇多延誉。东坡尝作书荐之于王荆公，书云："向屡言高邮进士秦观太虚，公亦粗知其人，今得其诗文数十首拜呈。词格高下，固已无逃于左右。……此外博综史传，通晓佛书，讲集医药，明练法律若此类，未易一一数也”。

荆公答书云：“示及秦君诗，适叶致远一见，亦以为清新妩丽，鲍谢似之。公奇秦君，口之而不置，我得其诗，手之而不释。又闻秦君尝学至言妙道，无乃笑我与公嗜好异乎?”

东坡爱秦词，称之曰“山抹微云君”。少游有《满庭芳》一阙，“山抹微云”，其首句也。此词在《淮海集》中，确是绝唱。词云：

> 山抹微云，天粘衰草，画角声断谯门。暂停征棹，聊共引离尊。多少蓬莱旧事，空回首，烟霭纷纷。斜阳外，寒鸦数点，流水绕孤村。销魂当此际，香囊暗解，罗带轻分。谩赢得青楼薄幸名存。此去何时见也，襟袖上空染啼痕。伤情处，高城望断，灯火已黄昏。

“寒鸦流水”之句，有人指其系蹈袭隋炀帝诗：“寒鸦千万点，流水绕孤村”而成，然用他人语，浑然若出于己，无损于此词的文学价值。故晁无咎云：“少游斜阳外两句，虽不识字人，亦知是天生好言语。”其褒之如此。

此有一香艳背景，读下半阙“香囊罗带”、“襟袖啼痕”之句，任何人都能判断它与女性有关。《艺苑雌黄》云：

> 程公辟守会稽，少游客焉，馆之蓬莱阁。一日席上有所悦，自尔眷眷，不能忘情，因赋长短句，所谓“多少蓬莱旧恨，空回首，烟霭纷纷”也。

席上有所悦，所悦者是妓女。宋以词著，或谓词是娼妓文学。此说并没有轻蔑之意。盖宋词之发达，和娼妓关系甚大。妓以文人所填词为歌，词亦为歌而作，宋人词集中，更多赠妓名篇。

宋承唐代遗风，声妓之乐，盛况不减于前。达官贵人，多蓄家妓，酬酢宾客，清歌妙舞，红妆侑觞。又有所谓官妓者，公开卖笑，纵人游乐。官妓或名营妓，其制始于汉，原系军中官设之妓，以待军士之无妻者，历代相因，到了后代，仍袭营妓之名，实不限供应军人，成了一般士大夫及文人学士的主要娱乐。

宋朝的法律和道德，都承认狎邪之游为正当行为。道学兴起后，对此事亦甚少影响，社会对此仍视为故常，不以为讳。二程夫子中的程明道尝谓，只要心中无妓，不妨座上有妓。他赴人宴会，座有妓乐，也能尽欢而散。

徽宗时相国王黼，“于后园聚花石为山，中列四巷，俱与民间娼家相类”(见《靖康遗录》)。相国花园，建筑竟要摹拟娼家格调，可见风气。

东坡谓少游通晓佛书，荆公言其尝学至言妙道，然而他对于粉白黛绿之辈，还是不能忘情的。

何况当时男女社交并未公开，士大夫性的出路唯有狎妓，狎妓成为一般风气，少游自亦未能免俗。

其时汴京有一位名妓李师师，不仅与名士们有交往，且为徽宗皇帝所眷爱。少游尝赠师师以词，《调寄生查子》，云：“远山眉黛长，细柳腰肢袅。妆罢立春风，一笑千金少。归去凤城时，说与青楼道。看遍颍川花，不似师师好。”

《淮海集》又有《一丛花》词，云：“年来今夜见师师，双颊酒红滋。疏帘半卷微灯外，露华上，烟袅凉飔。簪髻乱抛，偎人不起，弹泪唱新词。佳期谁料久参差，愁绪暗萦丝。想应妙舞清歌夜，又还对秋色嗟咨。惟有画楼，当时明月，两处照相思。”

《词律补注》云：“此词，少游赠汴妓李师师作也。”

哀怨的家庭悲剧

细检《淮海集》及前人记载，少游赠妓之作，实不限于上述数词。《高斋诗话》云：“少游在蔡州，与营妓娄婉字东玉者甚密，赠之以词云：小楼连苑横空，又云：玉佩丁东别后者是也。”此词《调寄水龙吟》，文繁不具引。

高斋又云：“少游赠陶心儿词云：天外一钩残月带三星，谓‘心’字也。”句虽近于纤巧，全篇甚富情致。《调寄南歌子》云：“玉漏迢迢尽，银河淡淡横。梦回宿酒未全醒，已被邻鸡催起怕天明。臂上妆犹在，襟间泪尚盈。水边灯火渐人行，天外一钩残月带三星。”

少游为了学道，在家庭间曾演过一幕哀怨的悲剧，先从它的开始说起。宋张邦基之《墨庄漫录》云：

> 少游侍儿朝华，姓边氏，京师人。元祐癸酉（1093 年）岁，少游纳之，尝为“天风吹月入栏干”之诗，时朝华年十九也。

按，“天风吹月”一诗，《淮海集》中为游仙七绝四首之一。有句云：“纤女明星来枕上，了知身不在人间。”《墨庄》指为少游与朝华定情之作，不知何所据而云然。唯自唐以来，文人往往托“会真”、“游仙”之题，为诗为文，实际则言儿女私情。元微之《会真记》及《梦游仙》诗即为证明，少游岂师其意乎？

既纳朝华为侍妾，《墨庄》续云：“后三年，少游欲修真，断世缘，遂遣（朝华）归父母家，资以金帛而嫁之。朝华临别泣不已。少游作诗云：月雾茫茫晓柝悲，玉人挥手断肠时。不须重向灯前泣，百岁乡里当一别离。（朝华）既去二十余日，使其父来云：不愿嫁，却乞归。少游怜而复取归。明年，少游出倅钱塘，至淮上，因与道友论议，叹光景之遄，归谓朝华曰：汝不去，吾不得修真矣。亟使人走京师，呼其父来，遣朝华随去，复作诗云：玉人前去却重来，此度分携更不回。肠断龟山离别处，夕阳孤塔自崔嵬。时绍圣元年（1094 年）五月十一日，少游尝手书记其事，未几遂窜南荒。”

既有今日，何必当初？少游《满庭芳》词所谓“薄幸名存”，为多情者所不为。大约男女之事，当事人的心理，不是他人所能了解的。

按，癸酉岁为元祐八年（1093 年），明年改元绍圣，如纳朝华确为元祐八年，而再遣在绍圣元年，则朝华随少游，先后仅有一年，所谓“后三年”之说，《墨庄》记载之疏失，抑传闻之乖误耶？

愁眉泪眼憔悴可怜

上文说过，少游赠以《生查子》和《一丛花》的名妓李师师，与宋徽宗也有关系，历代帝王虽亦有微服狎邪的传说，但公然宿娼而见诸正史者，只有宋徽宗。《宋史》云：“政和后，多微行，置行幸局。局中以帝出日，谓之有排当。”

徽宗是位艺术家，书画音乐，均造诣卓绝，千古垂名。《墨庄漫录》云：“政和间，汴都平康之盛，而李师师、崔念月二妓，名著一时。”《宣和遗事》云：“宣和五年（223 年）七夕，道君（徽宗）宿李师师家，临别约再会，乃解龙凤绞绡直系为信。”师师因和徽宗的关系，艳名尤噪。倾倒于她的文人，不只秦少游一人而已。词人张子野且创新调为师师制一词，名《师师令》，词云：“香钿宝珥，拂菱花如水。学妆皆道称时宜，粉色有天然春意。蜀锦衣长胜未起，纵乱霞垂地，都城池苑夸桃李。问东风何似，不须回扇障清歌，唇一点小于朱蕊，正值残英和月坠，寄此情千里”。

当时另一名词人周邦彦所作《少年游》一阕，不仅与师师有关，其中且有一段有趣的经过，《词苑丛谈》等书，言之甚详，大略如次：

邦彦在李师师家，忽闻徽宗驾到，遂匿床下。徽宗携新橙一枝，云是江南初进。与师师笑语，邦彦悉闻之，隐括成《少年游》，词云：

> 并刀如水，吴盐胜雪，纤手破新橙。锦幄初温，兽烟不断，相对坐调笙。低声问，向谁行宿？城上已三更。马滑霜浓，不如休去，直似少人行。

后师师为徽宗歌此词，问是谁作，师师以直对，徽宗大怒，押出国门。

越一二日，徽宗复幸师师家，不遇。至更初，师师归，愁眉泪眼，憔悴可怜，徽宗问故，师师奏言：“邦彦得罪去国，略致一杯相别，不知得官家来。”徽宗问，“有词否?”李云：“有《兰陵王》词。”徽宗云：“唱一遍看。”歌云：

> 柳阴直，烟里丝丝弄碧。隋堤上，曾见几番，拂水飘绵送行色。登临望故国，谁识，京华旧客？长亭路，年去岁来，应折柔条过千尺。闲寻旧踪迹，又酒趁哀弦，灯映离席。梨花榆火催寒食。愁一箭风快，半篙波暖，回头迢递便数驿。望人在天北。凄恻，恨堆积。渐别浦潆洄，津堠岑寂。斜阳冉冉春无极。念月榭携手，露桥闻笛，追思前事，似梦里，泪暗滴。

徽宗大喜，复召邦彦为大晟乐正。

始因妒而逐，继又爱才而赐之官，徽宗的人情味是十分浓郁的。

补 记

本书编校既竟，偶读夏承焘所撰《张子野年谱》，子野生于宋太宗淳化元年（990年），卒于神宗元丰元年（1078年），则不及见徽宗政和、宣和年代之李师师。《师师令》所咏者，必另一汴梁名妓。

按宋代汴梁习俗，凡男女生，父母爱之，或为短时期舍身佛寺，为佛弟子者，俗呼师师，故名之曰师师。又，唐人孙棨撰《北里志》，记平康妓亦有李师师，师师盖不仅一人也。

秦观于皇祐元年（1049年）生，卒于建中靖国元年（1101年），所作《一丛花》，词律补注云，赠汴妓李师师。然《生查子》："遍看颍川花，不似师师好"，亦见晏几道《小山词》，几道卒于崇宁元年（1106年），故丁绍仪《听秋声馆词话》云："晏、秦词中之师师非宣和李师师"。

坎坷忧患中乐天知命

“欢不足而适有余”

笔者尝谓，诗人与酒有不解之缘。北宋苏东坡，诗文一代翘楚，他说，“得酒诗自成”。又说，“偶得酒中趣，空杯亦常持”。

东坡得酒中之趣，但他的酒量甚小，比起陶渊明、李太白、杜子美和白乐天瞠乎其后，然而他屡遭政治上的挫折，在忧患困穷中仍能保持旷达乐观，随遇而安，酒的帮助，未尝不是原因之一。

《遁斋闲览》云：“苏子瞻尝自言，平生有三不如人，谓着棋、饮酒、唱曲也。”量不在大，其趣则一。

他诗篇之吟咏饮酒，始见于第一次贬官，居于黄州之时。在失意苦难中，心情渐达闲适的境界，人世的荣辱，略不介怀。其《次韵乐著作送酒》诗云：

> 少年多病怯杯觞，老去方知此味长。万斛羁愁都似雪，一壶春酒若为汤。

大约隔了十年，元祐七年（1092 年），五十七岁的时候，他以龙图阁学士，自颍州知州任，改知扬州。他离黄州后的几年，扬历内外，官阶是升了，然而朝中同僚，对他仍多倾轧，时时向皇帝进谗言，他的出知颍州，是自己请求的。此时到绍圣元年（1094 年）再贬宁远军节度副使，惠州安置，四年（1097 年）授琼州的别驾，昌化军安置，虽还有几个年头，然而衰年厄运，际遇的坎坷，正在酝酿未艾之中。

他在扬州，开始作追和陶渊明诗，一直到岭南，先后和陶诗凡一百有九篇，他深企渊明之一生，高蹈真率，得免世患，深愧自己未能师范其万一。

其弟子由，作东坡和陶诗引，录东坡给他的书札，有云：

> 然吾于渊明，岂独好其诗也哉？如其为人，实有感焉。渊明临终，疏告俨等："吾少而穷苦，每以家贫，东西游走。性刚才拙，与物多忤，自量为己，必贻俗患，黾勉辞世，使汝等幼而饥寒。"渊明此语，盖实录也。吾今真有此病，而不蚤自知，半生出仕，以犯世患，此所以深服渊明，欲以晚节，师范其万一也。

渊明旷达之怀，能从酒中适其所适，正是东坡所钦服的，他说，"谁言大道远，正赖三杯通"。所以在扬州作和陶诗，即以《饮酒》二十首为始。此二十首东坡短序云：

> 吾饮酒至少，常以把盏为乐，往往颓然坐睡。人见其醉，而吾中了然，盖莫能名其为醉为醒也。在扬州时饮酒，过午辄罢，客去解衣盘礴，然吾中了然，终日欢不足而适有余，因和渊明饮酒二十首，庶以仿佛其不可名者。示舍弟子由、晁无咎学士。

东坡饮酒，不像渊明那样"造饮辄尽，期在必醉"，大约因为酒量较小，浅尝即可颓然得适。他在诗中说，"少饮得径醉，此秘君不传"。他虽也用醉字，但所得的意境，是介乎醉与醒之间，不能名之为醉为醒。

他虽也说，“醉中有归路，了了初不疑”，“惟有醉时真，空洞了无疑”，但从佛家的禅悟，进一步说，“醉中虽可乐，犹是生灭境，云何得此身，不醉亦不醒”。

《和陶饮酒诗》的第一首云：“我不如陶生，世事缠绵之。云何得一适，亦有如生时。寸田无荆棘，佳处正在兹。纵心与事往，所遇无复疑。偶得酒中趣，空杯亦常持。”酒中之趣，在于酒力的麻醉，使心中无荆棘，原不在烂醉如泥，只求襟怀廓然，了无牵挂，酒后“倒床自甘寝，不择菅与绮”。

不阿权贵数困于世

东坡为官，行已于直，绝不阿附权贵，其弟子由称他，“见不善斥之如恐不尽，见义勇于敢为，而不愿其害，用此数困于世”。宋神宗熙宁年间及元丰之初，王安石当政，行青苗、市易、免役、均输、水利、盐法等新政，其动机也许是正当的，但所用的人，在执行上发生许多偏差，加之地方吏役苛细生事，借此施暴于民，全国骚然受害。东坡反对安石的新法，上书论新法不便，安石怒，而希合求进的台谏官，如李定、舒亶、何正臣，掇拾东坡的诗文，诬陷他讥刺朝廷，怨谤君父，构成文字之狱。此事爆发于元丰二年(1079年）的夏天，费海玑教授综合当时的诬陷，言大要如次：

元丰二年五月二十七日何正臣札子言：苏轼上表愚弄朝廷，又为讥讽文字，传于人者甚众。

七月二日舒亶札子言：苏轼讥切时事，陛下发钱以裕贫民，则曰“赢得儿童言语好，一年强半在城中”。陛下明法以课试君吏，则曰“读书万卷不读律，致君尧舜知无术”。陛下兴水利，则曰“东海若知明主意，应教斥卤变桑田”。陛下谨盐禁，则曰“岂是闻韶解忘味，尔来三月食无盐”。其他触物即事，应口所言，无一不以讥谤为主。

是年三月，东坡已自徐州知州移湖州任，言事者摘其《谢上表》中语，以为谤。

东坡尝有《咏桧》七绝两首，其一云：“凛然相对敢相欺，直干凌空未要奇。根到九泉无曲处，世间惟有蛰龙知”。诬陷他的人，包括宰相王珪，加以曲解，以为东坡有不臣之意，面奏神宗，谓“陛下飞龙在天，轼以为不知己，而求诸地下之蛰龙，不臣孰甚焉”。

自熙宁以来，新法之病民，东坡蒿目时艰，感慨确深尝有诗刻毒讽刺，然而所讥者乃一些权贵小人，并不是怨谤君上。诗云：

> 平生所惭今不耻，坐对疲氓更鞭箠。道逢阳虎呼与言，心知其非口诺唯。

朝廷据那些诬陷者的告发，于七月二十八日遣中使到湖州追摄。东坡事后言就逮解赴汴京的情况，见于他所写的两篇文字：

《王子立墓志》云，“予得罪于吴兴，亲戚故人皆惊散，独两王子不去，送予出郊。曰：死生祸福，天也，公其如天何？返，取予家致之南都。”

《上文潞公书》云，“某始就逮赴狱，有一子稍长，徒步相随，其余守舍，皆妇女幼稚。至宿州，御史符下，就家取书，州郡望风遣吏发卒，围船搜取，长幼几怖死。既去，妇女恚骂曰：是好著书，书成何所得，而怖我如此。悉取焚之。”

惊怛惨痛时的幽默

然而东坡极富幽默感，据《苕溪渔隐丛话》的记载，在就逮与家人告别的惊怛惨痛关头，他还引杨朴故事，与妻子说笑。《丛话》曰：

“东坡云，昔年过洛，见李公简，言真宗既东封，访天下隐者。杞人杨朴，能为诗。及召对，自言不能。上问：临行有人作诗送卿否？朴曰：惟臣妻有一首云：更休落魄耽杯酒，且莫猖狂爱咏诗。今日捉将官里去，这回断送老头皮。上大笑，放还山。”

“余在湖州，坐作诗追赴诏狱，妻子送余出门，皆哭，无以语之，顾谓妻子曰：子独不能如杨处士妻，作诗送我乎？妻子不觉失笑，余乃出。”

元丰二年（1079 年）八月十八日到汴京，系御史台狱，榜笞锻炼，酷刑推治，东坡自期必死，狱中作七律两首，密授其弟子由。题曰：“予以事系御史台狱，狱吏稍见侵，自度不能堪，死狱中，不得一别子由，故作二诗授卒梁成，以遗子由。”两诗云：

> 圣主如天万物春，小臣愚暗自亡身。百年未满先偿债，十口无归更累人。是处青山可埋骨，他时夜雨独伤神。与君世世为兄弟，又结来生未了因。
>
> 柏台霜气夜凄凄，风动琅珰月向低。梦绕云山心似鹿，魂惊汤火命如鸡。额中犀角真君子，身后牛衣愧老妻。百岁神游定何处，桐乡知葬浙江西。

然而神宗对东坡尚有怜才之心，不欲置之于死，上述王珪摘东坡《咏桧》“蛰龙”句谓有不臣之意，神宗曰：“轼固有罪，然于朕不应至是”。又曰：“诗

人之词，安可如此论，彼自咏桧，何预朕事!”（见《石林诗话》）

十二月二十八日狱具，改授黄州团练副使，本州安置，在狱约四个月，可以说是从轻发落的。是年东坡四十四岁。

“酒醒又觉春强半”

东坡于次年（1080年）二月一日到黄州，黄州即今湖北省之黄冈县，隔江对岸，其西即武昌。初寓定惠寺，旋迁临皋亭。临皋亭下，不数十步，便是大江。生活艰窘穷陋，但赏花饮酒，读书作诗，与友人相过从或漫游临近山水，心无恚碍，怡然自乐。他《答秦太虚书》，述其黄州谪居生活，云：

……初到黄，廪入既绝，人口不少，私甚忧之。但痛自节俭，日用不得过百五十。每月朔，便取四千五百钱，断为三十块，挂屋梁上，平旦用画叉挑取一块，即藏去叉，仍以大竹筒别贮用不尽者，以待宾客，此贾耘老法也。度囊中尚可支一岁有余，至时，别作经划，水到渠成，不须预虑，以此胸中都无一事。

所居对岸武昌，山水佳绝。有蜀人王生在邑中，往往为风涛所隔，不能即归，则王生能为杀鸡炊黍，至数日不厌。

又有潘生者，作酒店樊口，棹小舟径至店下，村酒亦是醇酽。柑橘椑柿极多，大芋长尺许，不减蜀中。外县米斗二十，有水路可致。羊肉如北方，猪牛麞鹿如土，鱼蟹不论钱。

岐亭监酒胡定之，载书万卷随行，喜借人看。黄州曹官数人，皆家善庖馔，喜作会。

太虚视此数事，吾事岂不既济矣乎？欲与太虚言者无穷，但纸尽耳。

展读至此，想见掀髯一笑也。

……夜中微被酒，书不成字，不罪不罪，不宣，轼再拜。

东坡《与王元直书》，有云：“江边弄水挑柴，便过一日”，安于服劳，亦可见生活之艰苦，然而“卯酒困三杯，午餐便一肉”，“酒醒又觉春强半，睡起常惊日过中”，“久厌劳生能几日，莫将归思扰衰年。片云会得无心否，南北东西只一天”。读他这些诗句，又足以领略他的达观闲适，随遇而安之趣。

泛舟游于赤壁之下

元丰四年（1081 年）请得故营地数十亩，躬耕为食，名其地曰东坡，作《东坡八首》，序曰：

余至黄二年，日以困匮，故人马正卿哀予乏食，于郡请故营地数十亩，使得躬耕其中。地既久荒，为茨棘瓦砾之场，而岁又大旱，垦辟之劳，筋力殆尽，释耒而叹，乃作是诗，自愍其勤，庶几来岁之入，以忘其劳焉。

明年，就东坡废圃筑雪堂，因于雪中为之，且绘雪景于四壁之间，书“东坡雪堂”四字以榜之。自号东坡居士，即自此时始。

王宗稷作《东坡先生年谱》，试以东坡图考雪堂之景，略云：“堂之前则有细柳，前有浚井，西有微泉。堂之下则有大冶长老桃花、茶，巢元修菜，何氏丛橘，种秔稌，莳枣栗，有松期为可斫，作陂塘，植黄桑，皆足以供先生之岁用，而为雪堂之胜景云尔。”

东坡仍不忘游山玩水之乐，有名的《赤壁赋》，“壬戌之秋，七月既望，苏子与客，泛舟游于赤壁之下”。即作于这一年，壬戌元丰五年（1082 年）也。

赋有云：“况吾与子渔樵于江渚之上，侣鱼虾而友麋鹿，驾一叶之扁舟，举匏尊以相属，寄蜉蝣于天地，渺沧海之一粟，哀吾生之须臾，羡长江之无穷。”接着又说：“客亦知夫水与月乎？逝者如斯，而未尝往也，盈虚者如彼而卒莫消长也。盖将自其变者而观之，则天地曾不能以一瞬，自其不变者而观之，则物与我皆无尽也。而又何羡乎？”

他把握了天地与人生的妙谛，所以不忧不惧，乐天知命；任何际遇，荣辱穷达，都无往而不适。

不忮不求无恐无怨

谪居黄州四年，元丰七年（1084 年）四月，奉朝命改任汝州团练副使，时东坡四十九岁。神宗于元丰八年（1085 年）崩，哲宗继位，明年改元元祐，一直到哲宗绍圣元年（1094 年）东坡五十九岁的时候，再遭贬谪，这七八年间，东坡初以七品服入侍延和，寻除中书舍人，旋为翰林学士，除侍读，复以龙图阁学士，出知杭州，经二年，被召赴阙，后又几度奉旨外任或内召。

东坡在黄州的时候，杜门念咎，默自观省，深悟自己以口舌得祸。《答李端叔书》，说得很明白，有云：

“轼少年时，读书作文，专为应举而已。既及进士第，贪得不已，又举制策，其实何所有？而其科号为直言极谏，故每纷然诵说古今，考论是非，以应其名耳。”

“人若不自知，既以此得，因以为实能之，故哓哓至今，坐此得罪几死，所谓‘齐虏以口舌得官’，真可笑也。然世人遂以轼为欲立异同，则过矣。妄论利害，才说得失，此正制科人习气，譬之候虫时鸣，自鸣自已，何足为损益？轼每怪时人待轼过重，而足下又复称说如此，愈非其实。”

“得罪以来，深自闭塞，扁舟草履，放浪山水间，与樵渔杂处，往往为醉人所推骂，辄自喜渐不为人识，平生亲友，无一字见及，有书与之，亦不答，自幸庶几免矣。足下又复创相推与，甚非所望。木有瘿，石有晕，犀有通，以取妍于人，皆物之病也。”

“谪居无事，默自观省，回视三十年以来，所为多其病者，足下所见皆故我，非今我也。无乃闻其声不考其情，取其华而遗其实乎？”

东坡此书，深悟其论利害，言得失，因口舌而肇祸，然而他自元祐回到汴京，在朝中服官之后，旧习复萌，仍喜上表言事，固执他为国为民的看法，并不苟且阿附执政当局的政策。其时王安石已罢相数载，元祐元年（1086 年）司马光为相。他与司马光的政见不合，司马光尽罢王安石当国时诸新法，其中免役法，司马光认为亦须停止，而以差役代之，东坡则以为免役法本意，使民出钱，专力于农，乃决不可变者。司马光不听，其党以排挤陷害为心，继之言事者摭摘东坡试馆职策问语，诬以讪谤先帝。

其后数年，群小交攻，谗谤日至，东坡于元祐四年（1089 年）引疾乞外，任杭州知州两年，奉召还京，除翰林学士承旨，不数月，又以谗请外。知颍州、扬州，八年（1093 年）再还朝，任端明、侍读二学士，旋出知定州。

绍圣元年（1094 年）御史论轼掌内外制日，所作词命，以为讥斥先朝，朝命降官衔知英州，未到任，再授命贬宁远军节度副使，惠州安置。子由《东坡先生墓志铭》云：

赴惠州，“独以少子过自随，瘴疠所侵，蛮蜑所侮，胸中泊然无、蒂芥，人无贤愚皆得其欢心”。他达观知命的精神，表现的是不忮不求，无恐无怨。

东坡吟诗曰："为报先生春睡足，道人轻打五更钟。"传至京师，大臣尚以流窜为未足，居惠州三年，绍圣四年（1097年）复以琼州别驾，安置昌化。墓志又云："昌化非人所居，饮食不具，药石无有。初僦官屋以庇风雨，有司犹谓不可，则买地筑室，昌化士人畚土运甓以助之。"东坡《与程儒书》云，"近与儿子结茅数椽居之，劳费不赀矣。赖什数学者助作，躬泥水之役。"又云："新居在军城南，极湫溢。"

东坡十分困苦，他《和陶诗独饮》序云："吾谪海南，尽卖酒器，唯一荷叶杯工制美妙，留以自娱。"

衣食既窘，樽俎萧然，子由作墓志又云："人不堪其忧，公食芋饮水，著书以为乐，时与其父老游，亦无间也。"

谪居惠州及儋耳，东坡的心境非常宁静和恬，其《和陶九日闲居》诗云：

> 九日独何日，欣然惬平生。四时靡不佳，乐此古所名。龙山忆孟子，栗里怀渊明。鲜鲜霜菊艳，溜溜糟床声。闲居知令节，乐事满余龄。登高望云海，醉觉玉山倾。长歌振履商，起舞带索荣。坎坷识天意，淹留见人情。但愿饱秔稌，年年乐秋成。

多难且亦多病

东坡留儋耳三年，元符三年（1100年）哲宗崩，徽宗嗣立，大赦北还，初徙廉州，再徙永州，已乃复朝奉郎，提举成都玉局观，居从其便。北上，病暑暴下，中止于常州，建中靖国元年（1101年）七月二十八日卒于常，年六十六岁。

前文引过他"少年多病怯杯觞"之句，可见他年轻时候，就不太健康。

入中年后，际遇坎坷，吟诗多自己叹老，海南之贬及赦还，却到了真正衰惫的老境。

他一生究竟有些什么病痛，从他诗文中可以考见一鳞半爪。在黄州的时候，病赤目，又生疮，杜门谢客，京师传东坡已死。

疮毒之病，大约缠绵甚久，直到奉徙汝州之命，道过金陵。其致友人书云：“某到金陵，疮毒未解，今日服下痢药，羸乏殊甚。”

元祐四年（1089 年）在京屡上表，乞外任。表有云：“实以负薪之疾，积有岁时，勿药之祥，恐非旦夕。终愿江淮之一郡，以安犬马之余生。”又表云：“臣近以左臂不仁，两目昏暗，有失仪旷职之忧，坚乞一郡。”

绍圣四年（1097 年）在惠州，《和陶止酒诗》序云：“丁丑岁，余谪海南，子由亦贬雷州。五月十一日，相遇于藤，同行至雷。六月十一日，相别渡海，余时病痔呻吟，子由亦终夕不寐。因诵渊明诗，劝余止酒，乃和元韵，因以赠别，庶几真止矣”。

东坡一生，不仅多难，亦且多病。临终前数日诸子侍侧，曰：“吾生无恶，死必不坠，慎无哭泣以怛化”。问以后事，不答，溘然而逝。

李清照的一生

违反人性的煎熬

妇人夫死再嫁，在古代，原与男子丧妻续弦，同为礼所不禁，宋儒强调易经女子从一而终之义，遂视妇女再嫁为失节。然即使在宋代，据《宋史·礼乐志》，治平和熙宁年间，都有诏许宗女、宗妇再嫁。《续资治通鉴长编》，也载哲宗元符二年（1099 年）八月丁酉诏宗女夫亡服阕归宫，改嫁者听。范仲淹所立义田规制，族女再嫁有给钱三十千之条。叶水心是南宋理学名臣，但他为人撰墓志铭，于再嫁皆直书不讳。不仅北宋的范仲淹、南宋的权臣贾似道，甚至宋度宗的母亲都曾改嫁过。

嫠妇再醮，虽不为礼俗所鼓励，但在宋朝仍属平常之事，妇女必须守节，到了明清方趋严格，尤其清代帝王特别加以提倡，凡是夫死而守节不嫁的妇女，朝廷例有旌表之典，盖为了转移人民反清意识，把儒家历来所主张“节操”观念的重点，转到妇女守节问题。在全国各地，处处可以发现清代遗留的无数节妇石坊。

这告诉我们，在昔日礼俗的束缚之下，多少女性，受过衾冷灯孤，违反人性的煎熬和苦痛。

到今天，妇女守节虽已成历史陈迹，但社会上，士大夫或知识家庭的女子，如不幸夫死，还是很少再嫁。西洋名门女子或六七十岁的嫠妇，不乏再嫁之事，在我国很难找到同样的例子。可见传统风气，影响人心之深，非一时所容易根除。

宋代女作家李清照（易安居士），工诗文，词尤杰出，集名“漱玉”，清新婉丽，卓然为一时冠冕。夫赵明诚死后，再嫁张汝舟。在宋代，改嫁还不是十分骇人听闻的事情，然清照的文学为举世所称颂，因其父、其夫以及丈夫的父亲，都做过相当地位的官宦，再嫁一事，每为论者所不谅。胡仔《苕溪渔隐丛话》，成书于高宗绍兴十八年（1148年），他与易安时代相同。云：

> 易安再适张汝舟，未几反目。有启事与綦处厚云：“猥以桑榆之晚景，配兹驵狯之下材。”传者无不笑之。

到了清代，论者更以后世的道德观念，加以严酷批评，如刘声木《苌楚斋随笔》，责之曰：

> 清照原为礼部郎提点京东刑狱李格非女，湖州守赵明诚之妻，母夫两家，皆雅好文学，而竟为此寡廉鲜耻之事。其上綦内翰崇礼（处厚）启中，尚自称素习义方，粗明诗礼。可谓不知人间有羞耻事矣。

清照改嫁之事，在她当代是没有人怀疑的，到了明清，因为妇女守节的道德观念趋于严格，大约为了爱清照之才，以为她不应当改嫁，甚至抹杀事实，以为有人故意造谣中伤。于是提出若干牵强的理由，为她“辩诬”。我们在讨论清照改嫁问题之前，先略谈其第一次的婚姻及生活。

自谓葛天氏之民

清照生平见于《宋史》记载者，仅在其父《李格非传》之后，附有寥寥数语，而其所撰《金石录后序》（下略称《后序》），述及其婚后数十年忧患得失，叙致综错，笔墨疏秀，往往于琐屑处，涉笔摹写，精神色态，不愧名作，而考订其生平，实是第一手直接资料。

《金石录》为其夫赵明诚（德甫，亦作德父）所著书，搜集了上自三代，下迄五季，钟鼎等古铜器款识，以及丰碑大碣等石刻文字，汇为二千卷，是正讹谬，定其去取，而二千卷中完成题跋者为五百二卷。清照撰《后序》已在明诚死后，时为南宋高宗绍兴四年（1134 年），清照年五十一岁。（《后序》流传之本，作绍兴二年，近代考据家论证，二年为传写之误，以四年为是。）

明诚与清照结婚是在徽宗建中元年（1101 年），清照十八岁，明诚二十一岁。后序云："余建中辛巳，始归赵氏。时先君（李格非）作礼部员外郎，丞相（赵挺之，明诚父）作吏部侍郎。侯（明诚）年二十一，在太学作学生。"

明诚夫妇的搜集金石文字，婚后即开始。《后序》云："赵李族寒，素贫俭，每朔望谒告，出，质衣取半千钱，步入相国寺，市碑文果实。归，相对展玩咀嚼，自谓葛天氏之民也。"继又竭力访求和藏蓄书籍字画，《后序》云，"后二年，（明诚）出仕宦，便有饭蔬衣练，穷遐方绝域，尽天下古文奇字之志。日将月就，渐益堆积。丞相居政府，亲旧或馆阁，多有亡诗逸史，鲁壁汲冢未见之书，遂尽力传写，浸觉有味，不能自已。后或见古今名人书画，三代奇器，亦复脱衣市易"。明诚出仕，系因父荫得官，其父赵挺之，于崇宁四年（1105 年）官拜尚书右仆射兼中书侍郎，与蔡京并相，故《后序》称之为丞相。

挺之于六十八岁去世，时为大观元年（1107 年），生前因与蔡京倾轧争权，卒后三日，其家为蔡京诬陷，兴狱穷治，因无事实，仅受夺死后所赠官衔的处分，而明诚夫妇也不再居京师，于大观二年（1108 年）返青州故第。《后序》云，“屏居乡里十年”。按明诚后于宣和初出守莱州，事实不止十年，清照或举整数而言。这一时期，清照与明诚的生活是愉快的，后自莱州又调淄州，明诚仍致力于访求金石文字和古书。清照云：“仰取俯给，衣食有余。连守两郡，竭其俸入以事铅椠，每获一书，即同勘校。整集签题，得书画彝鼎，亦摩玩舒卷，指摘疵病，夜尽一烛为率。”

后世传为佳话的“翻书赌茗”故事，即在那悠闲的屏居乡里时期，《后序》云：

> 余性偶强记，每饭罢，坐归来堂烹茶，指堆积书史，言某事在某书某卷第几叶第几行，以中否角胜负，为饮茶先后，中即举杯大笑，至茶倾覆怀中，反不饮而起，甘心老是乡矣。

胡马长驱家国之痛

靖康元年（1126 年）金人陷汴京，时局丕变，结束了清照的美满生活，以后是忧患流离，复遭其夫明诚之丧。先是，明诚官淄川守，夫妇同在任所。靖康二年（1127 年），也就是高宗南渡，改元建炎之年。是年春明诚奔母丧南下，盖明诚之母依其兄存诚居于金陵，母于金陵病殁，明诚至淄川南行，此时北方局势甚紧，载古器书籍十五车，取道东海，连舻渡淮，又渡江，至建康（金陵）。清照未随行，所收藏的古物、书籍不能尽行南移，青州故第尚锁书册什物，用屋十余间。

明诚于建炎元年（1127 年）三月南行，十二月金人陷青州，所谓“十余屋者，皆成灰烬”。清照自兵乱中南逃，也携带了小部分珍品，如明诚于次年《跋蔡襄书神妙帖》云：“去年秋西兵之变，余家所资，荡无遗余，老妻独携此而逃。未几，江外之盗，再掠镇江，此帖独存，信其神工妙翰，有物护持也”。

明诚于建炎二年（1128 年）秋九月，起复知建康府，清照随在任所，获得暂时安定。清照所作《临江仙》词，句云：“春归秣陵树，人老建康城。”又云：“试灯无意思，踏雪没心情。”即在此时。周辉《清波杂志》云：“顷见易安族人，言明诚在建康日，易安每值天大雪，即顶笠披蓑，循城远览以寻诗，得句必邀其夫赓和，明诚每苦之也。”

其时胡马长驱，两宫北狩，家国之痛，安能去怀，所以在闲情逸致中，有时也不免“踏雪没性情”，云云。

悲泣不忍问后事

建炎三年（1129 年）三月，明诚罢建康任，具舟上芜湖，将转而卜居赣水上，五月至池阳（今安徽贵池），又奉旨知湖州，遂驻家池阳，明诚独赴召。这年秋天，明诚病殁。《后序》云：

己酉（1129 年）春三月罢，具舟上芜湖，入姑孰，将卜居赣水上。夏五月，至池阳，被旨知湖州，过阙上殿。遂驻家池阳，独赴召。六月十三日，始负担舍舟，坐岸上，葛衣岸巾，精神如虎，目光烂烂射人，望舟中告别。余意甚恶，呼曰：“如传闻城中缓急，奈何？”戟手遥应曰：

“从众，必不得已，先去辎重，次衣被，次书册卷轴，次古器。独所谓宗器者，可自负抱，与身俱存亡，勿忘之。”遂驰马去。途中奔驰，冒大暑，感疾。至行在，病痁，七月末，书报卧病，余惊怛。念侯性素急，奈何病痁？或热，必服寒药，疾可忧。遂解舟下，一日夜行三百里。比至，果大服柴胡、黄芩药，疟且痢，病危在膏肓。余悲泣仓皇，不忍问后事。八月十八日，遂不起，取笔作诗，绝笔而终，殊无分香卖履之意。是年清照四十六岁，明诚四十九岁。

仓皇中转辗避难

明诚死时，建康形势紧急，宫廷疏散，隆祐太后率六宫往洪州（今江西南昌)。清照葬明诚毕，又大病，情形是十分危急的。

《后序》云：“葬毕，余无所之。朝廷已分遣六宫，又传江当禁渡。时犹有书二万卷，金石刻二千卷，器皿茵褥可待百客，他长物称是。余又大病，仅存喘息。事势日迫，念侯有妹婿，任兵部侍郎，从卫在洪州，遂遣二故吏，先部送行李往投之。”不料是年冬，洪州陷。《后序》云：“金人陷洪州……上江既不可往，又虏势叵测，有弟迒，任敕局删定官，遂往依之。”

此时又发生明诚“玉壶颁金”之案。清照云：“先侯疾亟时，有张飞卿学士，携玉壶过视侯，便携去，其实珉也。不知何人传道，遂妄言有颁金之语，或传亦有密论列者。余大惶怖，不敢言，亦不敢遂已，尽将家中所有铜器等物，欲赴外廷投进。到越，已移幸四明。”

所谓“玉壶颁金”，虽系莫须有的诬陷，但以古物通敌，罪嫌非小，故清照追踪高宗，向外廷投进，所以表明事实，同时所以避乱，在遑遑“无所之”

的情况下，随皇帝行踪逃难，也许比较安全。

可是高宗也在遑急中避难，清照由越追至明州后，帝已入海，遂改由陆路，自明州经奉化、嵊县、台州，自黄岩雇舟入海，奔行朝。《后序》云："到台，台守已遁，之剡，出陆，又弃衣被走黄岩，雇舟入海，奔行朝，时驻跸章安。从御舟海道之温，又之越。庚戌（1130 年）十二月，放散百官，遂之衢。绍兴辛亥（1131 年）春三月，复赴越。"

按，剡为今之嵊县，四明为建德。嵊为自明州奉化，赴台所必经，建德则不在必经路线，到台以后，更无缘再返嵊县和建德，且与"弃衣被走黄岩，雇舟入海奔行朝"之语，不能相接。考据家认为此处有脱误，清照实由陆路追高宗，由明州而奉化，而嵊县，而台州，而黄岩，最后至章安。这已是建炎四年（1130 年）春间之事，继又自章安赴衢，复由衢返越州，已是明年（1131 年）的三月了。

朝廷在倥偬避难之中，所以"玉壶"一案，并未深究。据清人俞正燮《易安居士事辑》，谓得赵家亲戚綦崇礼的帮助，事得解，綦时官中书舍人，然綦崇礼于后此年余，确曾帮过清照一次大忙，但玉壶一案之得解，俞氏所谓"綦崇礼左右之"一语，却没有其他的佐证。

苦难彷徨欲求依托

清照于绍兴二年（1132 年）正月由越赴临安（杭州），即是《后序》所云："壬子，又赴杭"。据《宋史・高宗纪》，是年正月，帝由越至临安，清照仍追踪赴行在焉。

清照的再嫁张汝舟即在这一年，大约是四五月间之事。张的官职为"右承奉郎，监诸军审计司”，承奉郎为从八品末职，后来清照说他是驵侩小人，张汝舟为了贪图清照财物，用欺骗手段，娶了年近半百的嫠妇。嫁后生活，极不愉快，且加凌暴。成婚以前，清照在兵荒马乱中，仓皇逃了两年的难，处境悲惨，不难想象，当时虽胡骑渡江北去，局势略趋安稳，然金兵仍有南下蠢动的可能，清照以一苦难彷徨的嫠妇，乱离颠沛，最需要的是依托和照顾，她在犹豫之余，就受骗成婚。

结缡仅有百日，清照不堪忍受后夫的虐待，就告发张汝舟“妄增举数入官”。清照的目的为了离婚，汝舟职掌军队审计，欺骗上级，贪污虚报，这一揭发，有司以汝舟判了徒刑，发柳州监管。

然按宋代的刑法，妻告夫者虽属实，仍须徒二年。幸得綦崇礼的援手，仅“处囹圄者九日”，免了两年徒刑。

綦是赵家姻戚，事后清照致书申谢，最早见于成书于开禧二年（1206 年）赵彦衡所撰《云麓漫钞》，题曰：《投内翰綦公崇礼启》（以下略作“谢启”）。此信不仅是清照曾再嫁的铁证，而且从再嫁到离异，都有明确的剖白。

所适匪人实难共处

清照再嫁，起初是十分犹豫的，“谢启”开端云：

> 清照启：素习义方，粗明诗礼。近因疾病，欲至膏肓，牛蚁不分，灰钉已具。尝药虽存弱弟，应门惟有老兵。既尔仓皇，因成造次。信彼如簧之说，惑兹似锦之言。弟既可欺，持官文书来辄信，身几欲死，非玉镜架亦安知？黾勉难言，优柔莫决，呻吟未定，强以同归。

此处所用两个典故，值得加以说明：“持官文书来辄信”，系用韩愈《试大理评事王君墓志铭》故事，谓有人将嫁女，必欲择一做官人为婿，媒者应王君请，以假官文书藏袖中往谒女父，女父见袖中露文书一角，信以为真。又，“非玉镜亦安知”，系用《世说新语》，温峤骗娶姑女故事。都是借喻张汝舟的骗婚。(以上两点承南宫搏先生来函解释，敬附笔表示感谢。)

婚后发现所适匪人，即求离去。汝舟且对她加以凌暴和殴辱。她说：“视听才分，实难共处，忍以桑榆之晚节，配兹驵侩之下才。身既怀臭之可嫌，惟求脱去。……遂肆侵凌，日加殴击。”于是诉之官府，不料竟上达朝廷，“外援难求，自陈何害。岂期末事，乃得上闻。取自宸衷，付之廷尉。被桎梏而置对，同凶丑以陈词”。

清照与张汝舟同居为时甚短，“谢启”云：“友凶横者十旬”，但妻讼夫，按宋刑法，即使属实，也有刑责，前已言之，因为綦崇礼运用其政治势力的帮助，所以“居囹圄者九日”，得免两年徒刑。“谢启”云：“感戴洪恩，如真出己，故兹白首，得免丹书。”

按，崇礼跟高宗有一段患难关系，建炎三年（1129 年）高宗避金兵而被迫入海之时，朝中很多人丢官不干，仅有綦崇礼等少数人追随高宗，共过这次苦难，高宗回到临安后，对崇礼相当信任，自有力量为清照说话。

再嫁一事无可怀疑

除了上引的《苕溪渔隐丛话》和《云麓漫钞》外，清照同时代还有若干书籍的记载，说到她的再嫁。《苕溪自序》成书于绍兴十八年（1148 年），还在清照生前，有的还是赵李二家的亲戚或世交，如撰《郡斋读书志》的晁公武，即与赵家有亲戚关系。书的性质又是史部、目录、金石都有，不限小说或笔记。在南宋绝无一人怀疑清照再嫁，亦无人有故意造谣中伤的可能。兹将这些记载汇列如次：

王灼《碧溪漫志》云："易安居士，京东路提刑李格非文叔之女，建康守赵明诚之妻。……赵死，再嫁某氏，讼而离之。晚节流荡无依。"《漫志·自序》作于绍兴十九年（1149 年）。

晁公武《郡斋读书志》言及《李易安集》，云："十二卷，右皇朝李氏，格非之女，先嫁赵诚之（明诚之误）。……然无检操，晚节流落江湖间以卒"。书成于绍兴二十一年（1151 年）。

洪适《隶释·跋赵明诚〈金石录〉》云，"绍兴中，其妻易安居士表上于朝。赵君无嗣，妻又更嫁。"这是研究古文字学的著作，刊于乾道三年（1167 年）。

李心传《建炎以来系年要录》云："右承奉郎监诸军审计司张汝舟属吏，以汝舟妻李氏讼其妄增举数入官也。其后有司当汝舟私罪，徒，诏除名，柳州编管（自注，十月己酉行遣）。李氏，格非女，能为歌词，自号易安居士。"心传生于南宋孝宗乾道二年（1166 年），死于理宗淳祐六年（1246 年）。成书之年，不可确考。

陈振孙《直斋书录解题》云："《漱玉集》一卷，易安居士李氏清照撰，名士李格非文叔之女，嫁东武赵明诚德甫，晚岁颇失节。"振孙于南宋理宗端平时，官浙西提举，与李心传为同时代的人，成书之年，不可确考。

这些南宋学者的记载，都说到清照的再嫁，言之凿凿，直到后世明清两代方有人提出再嫁之不可信，最早为明徐𤊹所撰《笔精》，其理由为：易安作《金石录后序》年五十二（应作五十一，详前），老矣，以清献公之妇，郡守之妻，必无更嫁之理。徐氏以后不断有人为清照再嫁辩诬，例如黄溥《闲中今古录》、瞿佑《香台集》、朱彝尊《明诗综》、王士祯《分甘余话》、卢见尊

《重刊金石录序》等等，都提出类似意见，而所持理由都未超出徐𤊹两点主观的臆测，一为年老，二为宦家名门，别无客观证据。

清代既视再嫁为人间大不韪，爱易安文才者，曲为之讳，且谓再嫁为无稽。清查伯葵诗云："谈娘善诉语何诬，卓女琴心事本无。"

俞正燮《癸巳类稿》，有《易安居士事辑》一篇，"辩诬"云，"余素恶易安改嫁张汝舟之说"，他以为清照诗文，多讥评时事，如"南渡衣冠欠王导，北来消息少刘锟"等句，忠愤激发，非刺者众，颇招时忌，于是有人窜改《致綦内翰启》，诬易安再嫁以为报复云云。

俞说甚牵强，曰："《瑯環记》、《四六谈麈》、《宋文粹拾遗》，并载易安《贺李生启》，用事明当，而《云麓漫钞》所载谢綦崇礼启，文笔劣下，中杂有佳句，定系窜改。"易安此启，文笔即使不佳，然俞正燮也承认中杂佳句。然任何作家，不免偶也有拙劣之作，这是古今常事，不能据以断定别人窜改。他也没有提出窜改的客观证据。

俞又云："绍兴十一年（1141 年）五月十三日，綦崇礼婿阳夏谢伋，寓家台州，自序《四六谈麈》，时易安年已六十，伋称为赵令人李，若崇礼为处张汝舟婚事，伋其亲婿，不容不知。又下至淳祐元年（1241 年）时，已百年，张端义作《贵耳集》，亦称易安居士赵明诚妻。易安为嫠，行迹章章可据。"易安再嫁张汝舟，为时甚暂，且不欢而散。赵明诚学术及社会地位均高，一般人称易安为赵妻而不称张妻，自在情理之中，不足证明易安无再嫁之事。

较俞正燮稍晚的刘声木，所作《苌楚斋随笔》痛诋清照再嫁为无耻，然亦谓俞说之不足信，数语甚谛，其言曰："我朝俞正燮《癸巳类稿》中，力为之辩白，究皆事后之强词，所谓欲盖弥彰，非如胡（仔）、赵（彦卫）、李（心传）诸人，当时所目击，记载翔实为可据也。"

清照卒年不可确考

与张汝舟离异之后，清照略得安定，绍兴四年（1134 年）怀念前夫，作《金石录后序》，有云："今日忽阅此书，如见故人。因忆侯在东莱静冶堂，装卷初就，芸签缥带，束十卷作一帙。每日晚吏散，辄校勘二卷，题跋一卷，此二千卷，有题跋者五百二卷耳。今手泽如新，而墓木已拱，悲夫！"

可是这一年九十月间，金及伪齐举兵向淮上蠢动，继犯滁州，高宗赴平江亲征，临安人心浮动，清照乃赴金华避难。其所《作打马图经》自序有云："今年冬十月朔，闻淮上警报，自东走西，自南走北，居山林者谋入城市，居城市者谋入山林，旁午络绎，莫卜所之。易安居士亦自临安溯流，涉严滩之险，抵金华，卜居陈氏之第。乍释舟楫而见轩窗，意颇适然，更长烛明，奈此良夜何。于是乎博弈之事讲矣。"此序写于绍兴四年（1134 年）十一月。

清照并撰有《打马赋》一篇，"打马"在南宋也许是很盛行的博戏。清照尝曰："予性喜博，凡所谓博者皆耽之，昼夜每忘寝食。"南渡后，戎马倥偬，人们生活不安定，流离迁徙之中，耽于博戏，也许不是全为消闲，有排遣苦闷的作用。

她说："按打马世有两种：一种一将十马者，谓之关西马；一种无将二十马者，谓之依经马。"打马的方法，明朝而后已不传，但有马有将，它的名称，却至今还保留着痕迹。目前流行的骨牌戏，俗名麻雀或麻将，虽其方法与"打马"绝不相同，但因昔时"打马"流行，遂把博戏统名之曰"马将"，此戏尚袭旧名。麻雀或麻将，义无所取，可能读音相近所造成的误传。这是题外之话，附带及之。

清照避乱居金华，为时甚暂。是年十二月金人退兵，明年二月高宗返临安，清照亦离金华，返抵行都，当在五月以后，可能为六七月间，自此终老于杭。据《宋会要》，是年五月三日诏令婺州令索取赵明诚家所藏《哲宗实录》，金华属婺州，故至迟是年五月清照尚在金华。

在离金华之前，春，清照作《武陵春》词，咏金华名胜双溪，词曰："风住尘香花已尽，日晚倦梳头。物是人非事事休，欲语泪先流。闻说双溪春尚好，也拟泛轻舟。只恐双溪舴艋舟，载不动许多愁"。

清照卒年，已不可确考，然或在绍兴二十一年（1151 年）清照六十八岁以后。据陆放翁为苏推官夫人孙氏所作墓志铭，有云："夫人幼有淑质，故赵建康明诚之配李氏，以文辞名家，欲以其学传夫人，时夫人始十余岁，谢不可，曰：才藻非女子事也"。又曰，孙氏卒于绍熙四年（1193 年），享年五十有三。据此推算，她生于绍兴十年（1140 年），上文谓"始十余岁"，假定为十一岁，则绍兴二十一年（1151 年）清照有传学夫人之事，其时可能尚在人间。然按成书于绍兴二十一年的《郡斋读书志》说清照流落江湖间以卒，则是年似已去世。究竟如何，只能付之存疑。

姜白石情词索隐

音节文采并冠一时

白石道人姜尧章（夔），南宋词家巨擘，亦长于诗，他同时代的范成大论其诗曰："有裁云缝月之妙手，敲金戛玉之奇声。"而所作词，态极妍，尤为杰出，清郭麐《灵芬馆词话》，推崇他的作品，谓"一洗铅华，独标清绮，如瘦石孤花，清笙幽磬，入其境者疑有仙灵，闻其声者人人自远"。也有人说他"如白云在空，随风变灭"，"野云孤飞，去留无迹"。刘熙载《艺概》云："幽韵冷香，令人挹之无尽，拟诸形容，在乐则琴，在花则梅也。"

因清初朱竹垞的提倡，白石词为六七百年后清代浙派词人所传诵摹仿，成了学习的典型，朱氏谓"词至南宋始极其工，姜尧章最为杰出"，又说"词莫善于姜夔"。浙派以白石为宗师，可见其在文学史上，影响后世力量之大。

白石精于音律，善吹箫，自制曲，所以他的词，特具音乐价值。他虽也有依谱而后填词的作品，但创制新调甚多，往往先构文辞而后制谱。他自己说："予颇喜自制曲，初率意为长短句，然后协以律。"他的词，以内容和感情为主，所以和其他词人因乐造文，因文造情者不同，大都舒卷自如，表达他胸中情愫，并无音乐牵制的痕迹。音节文采，并冠一时。

宁宗庆元三年（1197年），白石年四十三岁，进《大乐议》及《琴瑟考古图》于朝，论当时乐器、乐曲及歌诗。书奏，诏付太常。他见解精审，但未能全为当局采纳。这是他一生与朝廷发生直接关系的唯一机遇。其后应礼部试，不第。浪迹江湖，有很长时期，依当时的名公为居，旅食客游，以草莱布衣终其身。正如他自己所说，“文章信美知何用，漫赢得天涯羁旅。”

宋陈郁之《藏一话腴》云：“夔气貌若不胜衣，而笔力足以扛百斛之鼎。家无立锥，而一饭未尝无食客。图书翰墨之藏，汗牛充栋。”盖白石亦工书法，精鉴赏也。

白石生卒年月，皆无确考，仅知其生年约为高宗绍兴二十五年（1155年），卒年约在宁宗嘉定十四年（1221年）之后而已，得年大约六十六七岁。

卒于西湖，贫不能殡。友人吴潜等助之葬于杭州钱塘门外西马塍。

情遇一对姊妹花

白石于淳熙十六年（1189年），时年三十五岁，有《鹧鸪天》一阕，自注“已酉之秋，苕溪记所见”。词云：

> 京洛风流绝代人，因何风絮落溪津。笼鞋浅出鸦头袜，知是凌波缥渺身。红乍笑，绿长颦，与谁同度可怜春。鸳鸯独宿何曾惯，化作西楼一缕云。

其时，白石依其叔岳丈萧德藻寓于湖州。德藻初识白石于湖南，因赏识其诗，以侄女嫁之。白石在湖南及浙江先后曾有十余年依萧氏而居。苕溪流经杭州、湖杭相近，白石亦时常往返于湖杭之间。本阕作于杭州，所咏者当系所见之青楼佳丽，纯从客观的欣赏着笔，并不是他自己的情爱所寄。

宋人赠妓咏妓之作，有时颇喜从肉欲方面勾勒，例如北宋的周邦彦，论词者往往与南宋的白石并称，他有《浣溪沙》与《花心动》各一阕，与上述白石《鹧鸪天》的作风不同。近人傅试中作《周姜词异同之研究》，引邦彦二词云：

薄薄纱厨望似空，簟纹如水浸芙蓉。起来娇眼未惺忪。强整罗衣抬皓腕，更将纨扇掩酥胸，羞郎何事面微红。(《浣溪沙》)

帘卷青楼，东风满，杨花乱飘晴昼。兰袂褪香，罗帐褰红，绣枕旋移相就。海棠花谢春融暖，偎人恁娇波频溜。象床稳，鸳衾漫展，浪翻红绉，一夜情浓似酒。香汗渍鲛绡，几番微透。鸾困凤慵，娅姹双眼，画也画应难就。问伊可煞于人厚，梅萼露，胭脂檀口。从此后，纤腰为郎管瘦。(《花心动》)

傅氏以此比较姜词，谓白石“用意柔厚，毫无轻薄之态”。

然而白石也有他所钟情的青楼佳丽，分别后久久思慕，一往情深，无限怅望，在他作品中反复致意，情有独占，终生不能去怀。这是他客游淮南合肥时，遇合的一对姊妹花。

历来白石诗词的签注家，对此往往忽略，首先发覆索隐者为近人夏瞿禅。瞿禅撰《姜白石系年》附有《白石怀人词考》。因所据白石之词，多别后的怀念，故称之怀人词。瞿禅云：“五代歌词，十九闺幨，宋人言寄托，乃多空中传恨之语，惟白石情词，皆有本事；梅柳托兴，在他人为余文，在白石是实感。”

燕燕轻盈莺莺娇软

瞿禅又云："白石自定歌曲六卷，共六十六首，而有本事之情词乃得十七八首，若兼其托兴梅柳之作计之，则几占全部歌曲三分之一。"

然白石此类情词，语多隐约，含蓄依稀。其为歌曲作题序，又时时乱以他辞，可见孤往之怀，有不便见谅于人而宛转不能自已者。两位合肥佳丽，姓甚名谁，也无可考索。瞿禅称之为"合肥人"，本篇称其合肥姊妹。

白石于淳熙三年（1176年），二十一岁的时候，尝到淮扬，作《扬州慢》。此后十年行迹不详，往还江淮间，合肥情遇可能开始于此十年之中。此后客鄂、客湘、客湖杭，仍有到合肥的机会，不仅往还的次数不少，并在合肥曾作短暂寓居，离别与欢娱，在他作品中，均可考索。《淡黄柳》题序云：

客居合肥南城赤栏桥之西，巷陌凄凉，与江左异。唯柳色夹道，依依可怜。因度此片，以纾客怀。

《淡黄柳》词云：

空城晓角，吹入垂杨陌。马上单衣寒恻恻，看尽鹅黄嫩绿，都是江南旧相识。正岑寂，明朝又寒食。强携酒，小桥宅，怕梨花落尽成秋色。燕燕飞来，问春何在，唯有池塘自碧。

宋南渡后，合肥已临敌境，成最前线，故有巷陌凄凉之说。"小桥"与"小乔"通，指其意中之人。合肥多柳，白石情词，每多以垂杨起兴。

白石他词，亦有以"大乔"、"小乔"喻此合肥姊妹。如《解连环》云：

玉鞭重倚，却沉吟未上，又萦离思。为大乔能拨春风，小乔妙移筝，雁啼秋水。柳怯云松，更何必十分梳洗。道郎携羽扇，那日隔帘，半面曾记。西窗夜凉雨霁，叹幽欢未足，何事轻弃。问后约，空指蔷薇，算如此溪山，甚时重至？水驿灯昏，又见在曲屏近底。念唯有夜来皓月，照伊自睡。

此系惜别之词，明点姊擅琵琶，妹善弹筝。又《踏莎行》题序云："自沔东来，丁未元日，至金陵，江上感梦而作。"词曰："燕燕轻盈，莺莺娇软，分明又向华胥见。夜长争得薄情知，春初早被相思染。别后书辞，别时针线，离魂暗逐郎行远。淮南皓月冷千山，冥冥归去无人管。"

丁未为淳熙十四年（1187 年），白石时年三十三岁，词中以燕燕莺莺喻两姊妹，翘望合肥之作。又，白石《琵琶仙》有句云："有人似桃叶桃根"，两姊妹似是青楼风月中人。

无尽相思无穷恨

白石识合肥姊妹后，浪迹各地，也随时往还合肥，时聚时离。绍熙二年（1191 年），离合肥有《浣溪沙》惜别之作，序云："辛亥正月二十四日，发合肥"。词曰："钗燕笼云晚不忺，拟将裙带系郎船，别离滋味又今年。杨柳夜寒犹自舞，鸳鸯风急不成眠，些儿闲事莫萦牵。"

"别离又今年"之说，当非初别。

是年自合肥东归，有忆别之作，《长亭怨慢》云：

渐吹尽，枝头香絮，是处人家，绿深门户。远浦萦回，暮帆零乱向何许。阅人多矣，谁得似，长亭树。树若有情时，不会得，青青如此。日暮，望高城不见，只见乱山无数。韦郎去也，怎忘得，玉环吩咐：第一是早早归来，怕红萼，无人为主。算空有并刀，难剪离愁千缕。

韦郎玉环系用韦皋与玉箫女故事，玉箫临别以玉指环赠韦，以喻双方情爱之深。

最后一次别离，大约即在绍熙二年（1191年），时白石年三十七，殆所眷者已离合肥他去，是年所作《秋宵吟》。有句云："卫娘何在？宋玉归来，两地暗萦绕。"

但每次分别，白石必有思念之作。《点绛唇》云："金谷人归，绿杨低扫吹笙道。数声啼鸟，也学相思调。月落潮生，掇送刘郎老。淮南好，甚时重到，陌上生春草。"

两地萦思，白石怅望无已，七绝《送范仲讷往合肥》云："小帘灯火屡题诗，回首青山失后期。未老刘郎定重到，烦君说与故人知"。此诗不能考定其年月，但必在绍熙二年（1191年）两姊妹离合肥他去之前。

白石有两阕极负盛名的咏梅词，一曰《暗香》，一曰《疏影》。此系绍熙二年（1191年）别合肥后，冬诣范成大于苏州作。《暗香》题序云："辛亥之冬，予载雪诣石湖。止既月，授简索句，且征新声。"因系石湖索句，相思合肥之意，更为隐约，且杂以他辞，然《暗香》有句："翠尊易泣，红萼无言耿相忆……又片片吹尽也，几时得见。"《疏影》云，"想佩环月下归来，化作此花幽独。……等恁时重觅幽香，已入小窗横幅。"

然而相思是无尽期的，一直到庆元三年（1197年），时白石年四十三岁，客居杭州，有"元夕新梦"，《调寄鹧鸪天》云：

> 肥水东流无尽期，当初不合种相思。梦中未比丹青见，暗里忽惊山鸟啼。春未绿，鬓先丝，人间别久不成悲。谁教岁岁红莲夜，两处沉吟各自知。

早一年，庆元二年（1196年），白石寓梁溪（无锡），有《江梅引》咏梅，寄托其笃挚的情意。序云："丙辰之冬，予留梁溪，将诣淮而不得，因梦思以述志。"词曰：

人间离别易多时，见梅枝，忽相思，几度小窗幽梦手同携。今夜梦中无觅处，漫徘徊，寒侵被，尚未知。湿红恨墨浅封题，宝筝空，无雁飞。俊游巷陌，算空有，古木斜晖。旧约扁舟，心事已成非。歌罢淮南春草赋，又萋萋。飘零客，泪满衣。

"小红低唱我吹箫"

白石与合肥姊妹永别之后，侘傺无聊，范成大以家妓小红赠之。白石之识成大，系经杨万里的介绍，两人都是当时名诗人，成大以为白石翰墨人品，皆似晋宋雅士，赠以小红，所以慰郁忱结也。

元陆友《砚北杂志》云："小红，顺阳公（范成大）青衣也，有色艺。顺阳公请老，姜尧章诣之，一日，授简征新声，尧章制《暗香》、《疏影》二曲，公使二妓肆习之，音节清婉。"

姜尧章归吴兴，"公寻以小红赠之。其夕大雪，过垂虹，赋诗曰：自琢新词韵最娇，小红低唱我吹箫。曲终过尽松陵路，回首烟波十四桥。"又云："尧章每喜自度曲，小红辄歌而和之。"

小红并没有与白石偕老，大约如白乐天晚年遣嫁樊素，小红亦于白石晚年另嫁。白石友人苏泂于白石死后挽之曰："幸是小红方嫁了，不然啼损马塍花。"白石葬于西湖之西马塍，前已言之，《砚北杂志》云："宋时花药，皆出东西马塍。"

凄怨与放诞

春愁秋恨凄怨诗人

朱淑真的《断肠集》，《四库全书总目提要》谓系用洪武间抄本，乃与《漱玉词》并刊。后世论宋代女诗人，朱淑真往往与李清照并称。吴衡照《莲子居词话》云："易安眼波才动被人猜，矜持得妙；淑真娇痴，不怕人猜，放诞得妙；均善于言情。"

况周颐《蕙风词话》云："李易安时代稍后于淑真。即以词格论，淑真清空婉约，纯乎北宋，易安笔情近浓至，意境较沉博，下开南宋风气。"

淑真诗词留传到后世，篇什无多，魏仲恭于南宋淳熙年间把淑真所遗诗词辑为《断肠集》，序云："其诗为父母一火焚之，今所传者百不一存"。《断肠集》名非自题，而仅为淑真作品的一小部分，据以评价，当嫌不足，唯就此零缣残编读之，多触景感旧，春愁秋恨的吟咏，不失为一种凄怨笔墨，而李清照天姿秀发，实为词家冠冕，淑真不逮远甚，大约因为都是闺阁作家，故后世每以二人相提并论。

《莲子居诗话》说淑真娇痴，放诞得妙。或系指其所作《生查子》而言。

词云：

去年元夜时，花市灯如昼。月上柳梢头，人约黄昏后。今年元夜时，月与灯依旧。不见去年人，泪满青衫袖。

杨升庵《词品》，以“人约黄昏”，谓淑真或无检操，桑间濮上之行，为渠白璧微瑕。然此词亦见欧阳修《六一词》，字句完全相同，毛晋刻《宋六十名家词》，所收《六一词》，在此阕之下，注曰：“或刻秦少游”，则此词究为何人所作，朱淑真乎？欧阳修乎？秦少游乎？甚为可疑。昔日印刷不普遍，诗文集甚少作者自编自定，后人裒辑，往往有张冠李戴的错乱现象。如果此词非淑真所作，则所谓白璧微瑕之说，就不能成立了。

升庵又云，此词与淑真《元宵》七律一首，词意相合，“其行可知”。诗云：

火烛银花触目红，揭天鼓吹闹春风。新欢入手愁忙里，旧事惊心忆梦中。但愿暂成人缱绻，不妨常任月朦胧。赏灯那得工夫醉，未必明年此会同。

诗中“但愿”、“不妨”，虽都是恍惚假设之词，然“新欢入手”，“旧事惊心”，不能说没有娇痴放诞的意味。但若据此而断定淑真必有分外的所欢，仍不免以文害辞，以辞害志，考订事实，还是不够的。

淑真另一阕题名《江城子赏春》，曰：

斜风细雨作春寒。对尊前，忆前欢，曾把梨花，寂寞泪阑干。芳草断烟南浦路，和别泪，看青山。昨宵徒得梦夤缘。水云间，俏无言，争奈醒来，愁恨又依然。展转衾裯空懊恼，天易见，见伊难。

怀人伤别，一往情深，淑真的丈夫，尝离家远宦，她未必处处相从，别离后思念其夫，如此解释，也说得通。所以若要对淑真的操守有所判断，还需从她的生活环境作一推敲。

并非嫁给市井民家

朱淑真纪传资料，甚为缺略。《四库全书总目提要》云：《断肠词》一卷，宋朱淑真撰。淑真海宁女子，自称幽栖居士。言其生平者，往往据魏仲恭所辑《断肠集序》文云："早岁不幸父母失审，不能择伉俪，乃嫁为市井民家妻，一生抑郁不得志，故诗中多有忧愁怨恨之语。每临风对月，触目伤怀，皆寓于诗，以写其胸中不平之气，竟无知音，悒悒抱恨而终。"嫁为市井民家妻，这个说法是不确的。

其父姓名不可考，唯王渔洋《池北偶谈》，记其于京师见朱淑真手书《璿玑图》一卷，且有淑真之记，云："初，家君宦游浙西，好拾清玩，凡可人意者，虽重价不惜也。一日，家君宴群倅衙，偶于壁间见是图，偿其直，得归遗余"。古时婚姻最重门当户对，生长仕宦之家的小姐，嫁为市井民家妻，可能性极少。所嫁丈夫，姓名亦不传，但读《断肠集》《贺人移学东轩》、《送人赴试礼部》两诗，中多勉励之语，论者谓为赠外之作，如云："美璞莫辞雕作器，涓流终见积成渊"。"鸿鹄羽仪当就养，飞腾早晚看冲天"。

则其夫当亦为读书种子，且尝应礼部试。应试之后，大约中试而做官，做到什么官职也不可考，但有一点是可以证实的，他曾挈淑真到汴京服官。《断肠集》有《寄大人二首》及《和前韵见寄》，句云："去家千里外，飘泊若为心"。"忽得南来信，殷勤慰我心"。这必为寄给离别住在浙江的父亲，在北方所作。

后一首并有句云："把酒何时共，论文几日亲?"可知淑真的文学修养，很得她父亲的陶冶，所以诗中忆及论文之事，想到何日再有这种机会。

上面曾说《池北偶谈》载朱淑真手书《璿玑图》，谓此图为她父亲所赠，唯末署："绍定三年（1230 年）春二月望后三日，钱塘幽栖居士朱氏淑真书"。按绍定为南宋理宗年号，淑真为北宋哲宗前后时代的人，况周颐所以说李易安时代稍后于淑真，理宗时相距已百年，淑真不可能活得那么久，"绍定"二字可能是王渔洋的笔误，也可能这书法根本是赝品。因为淑真擅绘画，明《沈石田集》有"题朱淑真画竹诗"，好事者于是连她的书法也伪造了。

然而从淑真的遗诗揣摩，她尝与父亲论文，证实她父亲亦富文学修养。

从《断肠集》搜索，淑真随宦汴京，尝与当时的贵家夫人来往，有七绝五首，题曰："会魏夫人席上，命小鬟妙舞，曲终求诗于余，以飞雪满群山为韵，作五绝"。第五首有句云："占断京华第一春，清歌妙舞实超群。"则在汴京可知。

魏夫人何人，不能确知，然家有舞姬，其夫必为显达高官。有人说，魏夫人为曾布之妻，布与兄巩同登熙宁进士第，哲宗时知枢密院。如此说确实，则连淑真的时代，也大体明白了。

总之，这些片断资料，可以证明魏仲恭所谓"嫁为市井民家妻"一语，与事实不符。淑真有良好的家庭教育，丈夫也曾作过官宦，且与达官贵家有所往还，她丈夫的地位是不会太低的。

"对景无时不断肠"

淑真自京寄父亲的诗，另有句云："欲识归宁意，三年数岁阴"。又云：

“三年重会合，依旧见荆阴”。可知她不是长期居京，隔了三年，有归宁的机会。宋代官宦，任职有定期，任满迁调。很可能其夫历官内外，迁调各地，淑真有时住在老家，未必常常相从，故集中多惜别怀人之作。幽怨凄苦，抱郁抱恨，春花秋月，触景多愁，成了她诗词的一贯作风。如《恨春》句云：“春光正好多风雨，恩爱方深奈别离。”又如《菩萨蛮·秋景》云：“山亭水榭秋方半，凤帏寂寞无人伴。……多谢月相怜，今宵不忍圆。”都可能是离别丈夫，思念伤愁之作。

从她的作品看，淑真情真意挚，多愁善感，大约是林黛玉型的女子。诗词中爱用“断肠”二字，故魏仲恭裒集其作品，以“断肠”名之。

例如：《恨春》云：“梨花细雨黄昏后，不是愁人也断肠。”《秋夜有感》云：“哭损双眉断尽肠，怕黄昏后到昏黄。”《长宵》云：“魂飞何处临风笛，肠断谁家捣夜砧?”《闷怀》云：“针线懒拈肠自断，梧桐叶叶剪风刀。”又云：“芭蕉叶上梧桐雨，点点声声有断肠。”《中秋闻笛》云：“自是断肠听不得，非干吹出断肠声。”《九日》云：“去年九日愁何限，重上心来益断肠。”《伤别》云：“逢春触处须萦恨，对景无时不断肠。”《谒金门》云：“满院落花帘不卷，断肠芳草远。”

写幽怨悒郁，颇能显出性灵钟慧，而出语吐句，不过尽纤巧能事，骨韵不高，可称小品，究竟算不得大作家。

“断肠”一词，在表达愁怨情怀，语气是极重的。淑真好用此词，是不是真有万分伤心的际遇，不得而知。据笔者臆测，夫妇情深，而丈夫有没有早逝的可能？年青守寡，于是情怀郁结，触绪生悲，然而找不到丝毫证据，或仅是没有事实根据的臆测而已。否则处处断肠，也许她词汇的枯涩，或心理上有些不正常。

顾影自怜情思恍惚

朱淑真的作品，有凄怨而放诞则未必，如果我们要在古代女诗人中找寻生活放诞的作家，晚唐的鱼玄机，庶几近之。

据尤袤《全唐诗话》，玄机为唐懿宗咸通中（850－875年）咸宜观女道士，字幼微，一字蕙兰，有才思，善属文，补阙李亿纳为妾，及爱衰，入咸宜观为女道士。后以笞杀婢女绿翘，为京兆尹温璋判处极刑。《全唐诗话》谓其在狱中，常有诗云："易求无价宝，难得有情郎"。

玄机以弃妇而为道士，纵怀觅爱，所遗诗集，虽仅数十首，句多香艳放诞，如"殷勤不得语，红泪一双流"。又云："云情自郁争同梦，仙貌长芳又胜花"。顾影自怜，情思恍惚，绝非出家人口吻。

女道士在唐代称为"女冠"，生活浪漫，本为当时风气。若为了宗教信仰，摒弃人事，出家修道，这是需要大智慧和大毅力的。唐代女冠的出家，大都为环境驱使，原非因宗教信仰而所作的智慧选择，要她们清虚无欲，在青灯古佛，黄卷蒲团中消磨岁月，为人情之所难堪，于是窃药成仙之事未成，先有偷桃缱绻的风流勾当了。正如后世曹雪芹所说，"欲洁何曾洁，云清未必清"。

翻检中晚唐作家的诗集，不少涉及女冠之什，有时轻薄慢亵，显出女冠们对男女关系原很随便。如刘长卿《赠成炼师》云："大罗过却三千岁，更向人间魅阮郎。"韩退之《华山女》五章之一云："云窗雾阁事慌惚，重重翠幕深金屏。仙梯难攀俗缘重，浪凭青鸟通丁宁。"白乐天《赠韦炼师》句云："上界女仙无嗜欲，何因相遇两徘徊？"

女冠之名，到宋徽宗时方正式改为女道士，所以名之为冠，大约因为她们头戴小冠为饰，与一般云鬓高髻的妇女不同。这冠究竟作何式样，笔者浅学，未能考索出具体的形制，唐人诗文中称之为“星冠”，为“角冠”，或有四角如星的光芒。

唐代一般妇女，崇尚浓妆，施朱敷粉，以黛画眉，以燕脂擦嘴唇，并有一种今日所不能想象的化妆习尚：把额抹成黄色，李义山诗所谓“八字宫眉捧额黄”，温飞卿亦有“云髻几迷芳草蝶，额黄无限夕阳山”之句。浓艳到脸上五色俱备。女冠则一任天然，不施脂粉，韩退之诗云：“洗妆拭面着冠帔”。而衣服则轻盈素雅，所谓“羽衣”，所谓“霓裳”，纱帔垂肩，大有凌云御风，飘飘欲仙之致。李义山诗云：“更深欲诉蛾眉敛，衣薄临醒玉艳寒。”李卫公诗云：“九霄有路去无迹，袅袅天风吹珮环。”

她们的容貌衣饰，绰约多姿，有如清水芙渠，韵致天成，义山诗称：“慢装娇树水晶盘”，明净如月光，比起那些浓妆艳抹之辈，显然有了雅俗之分。

她们动人的风姿，为文人学士所欣赏，加以自身的不耐寂寞，结果也就可想而知。鱼玄机以名门弃妇，诗才卓越，在当时士大夫和文人间，颇有其相爱的恋人，如李子安、温飞卿之流，集中有寄子安及飞卿的诗歌，措辞婉丽，情意缠绵，下面所摘之句，实在当得起“放诞”的形容词。

《情书寄子安》云：“秦镜欲分愁坠鹊，舜琴将弄怨飞鸿。”《春情寄子安》云：“如松匪石盟长在，比翼连襟会肯迟。”《冬夜寄温飞卿》云：“疏散未闲终遂愿，盛衰空见本来心。”又《寄飞卿》云：“珍簟凉风着，瑶琴寄恨生。嵇君懒书札，底物慰秋情？”

怨而不怒的农家妇

清史梧冈作《西青散记》，载其当代女词人贺双卿词十二阕。上文考朱淑真非民家妇，而双卿却为农家妇，负绝世才，秉绝代姿，姑恶夫暴，劳瘁以卒。

农家妇自无专集传世，晚清陈廷焯辑《别调集》，据《西青散记》录其作品。谓其词旨幽窈曲，怨而不怒，为古今逸品。并谓双卿生平所为诗词，每以粉笔书芦叶上，以粉易脱，叶易败，不愿留墨迹，更无意传之后世。

既不愿留墨迹，又何必吟咏，这种心理，别人是极难了解的，所以有人疑贺双卿未必真有其人，而是史梧冈所造的寓言，陈廷焯斥为“刻舟之见”，他说《西青散记》载双卿之事甚详，不容怀疑她的存在。民家女子，即使有文学之才，在昔日社会原易隐没无闻。双卿故事，不见别的记载，幸得史梧冈而传。她的作品，如《惜黄花慢》咏孤雁云：

> 碧尽瑶天，但暮霞散绮，碎翦红鲜。听时愁近，望时怕远。孤鸿一个，去向谁边？素霜已冷芦花渚，更休倩鸥鹭相怜，暗自眠，凤凰虽好，宁是姻缘？凄凉劝你无言。趁一沙半水，且度流年。稻粱初尽，网罗正苦，梦魂易警，几处寒烟。断肠可似婵娟意，寸心里，多少缠绵，夜未闲，倦飞误，宿平田。

凄怨缠绵，寄托自己身世，幽冷欲绝，读之令人有无限怜惋之情。

《西青散记》云：

> 双卿夙有疟疾，体弱性柔，能忍事，即甚闷，色常怡然。一日双卿

春谷喘，抱杵而立，夫疑其惰，推之仆臼傍，杵压于腰，忍痛复舂。炊粥半而疟作，火烈粥溢，沃之以水。姑大诟，掣其耳环曰：“出！”耳裂环脱，血流及肩，乃掩之而泣，姑举勺拟之曰：“哭！”乃拭血毕炊。于是杵臼俯地而叹曰：“天乎，愿双卿一身，代天下绝世佳人，受无量苦，千秋万世后，为佳人者无如我双卿为也！”至是为苦疟词，以芦叶书之，叹曰：“诚不如化作彩云飞也。”

双卿不仅巧于填词，读此且知深得佛家三昧。

所填《凤凰台上忆吹箫》，连用叠字，颇见慧心，其词曰：

寸寸微云，丝丝残照，有无明灭难消。正断魂魂断，闪闪摇摇，望望山山水水，人去去隐隐迢迢，从今后酸酸楚楚，只似今宵。青遥，问天不应。看小小双卿，袅袅无聊。更见谁谁见，谁痛花娇？谁望欢欢喜喜，偷素粉写写描描，谁还管生生世世，夜夜朝朝？

其情哀，其辞苦。李清照《声声慢》：“寻寻觅觅，冷冷清清，凄凄惨惨戚戚”，用叠字著名，论者谓创意出奇。陈廷焯曰：双卿此词“用双字二十余叠，亦可谓广大神通矣。易安见之，亦当避席”。

吟诗万首的陆放翁

至死不忘恢复中原

南宋诗人陆放翁（游），死于嘉定二年（1209 年），享年八十五岁，临终有一首极负盛誉的《示儿》七言绝句，云："死去原知万事空，但悲不见九州同。王师北定中原日，家祭无忘告乃翁"。

在短短的篇什里，洋溢着他的爱国热情，至死不忘复仇雪耻，恢复中原。历来每当异族侵凌，或国家危难的时候，往往传诵此诗，它有感人的鼓舞力量，也使这位爱国诗人，得到历久不衰的普遍敬仰。

放翁自云，"六十年间万首诗"。清梁章钜《退庵随笔》云："放翁诗《剑南诗稿》初编为四十九卷，再编通前为八十五卷，合计之已九千二百余首。"作品的丰富，于此可见。他的诗，在南宋当时评价就很高，虽与尤袤、杨万里、范成大并称，但有人认为他是"中兴之冠"、"凌跨前辈，为一世标准"。

从放翁的卒年上推，他生于北宋徽宗宣和六年（1124 年）。到金人陷汴京，执徽钦二帝北去，高宗南迁之始，他还不过三四岁的孩童。随父元钧归山阴原籍，他的出仕，已在高宗绍兴之末，其时与金人和议久成，朝廷以划疆守盟，息事宁人为策。高宗而后孝宗即位，金完颜亮南侵溃归，孝宗锐意出师，旋遭宿州之败，终归和议。在这个委曲求全的环境里，渐渐流于文恬武嬉，苟且玩愒，忘了中原，真所谓“暖风熏得游人醉，直把杭州作汴州”。然而放翁忠义之气始终盘郁于心，长篇短咏，寓其悲愤，寄意恢复。如云：“鸭绿桑乾本汉天，传烽自合过祁连。功名在子何殊我，惟恨无人快着鞭。”

有人识评他书生习气，好为大言。然而放翁的仇恨敌人，如他所说“手枭逆贼清旧京”，这种杀敌报国的雄心是始终一贯的。在他作品里，屡屡表示，恨不能投笔从戎，上马杀贼，他的《夜读兵书》，有句云：“老病虽惫甚，壮气颇有余。长缨果可请，上马不踌躇。”到了《僵卧山村》的晚年，还有“尚思为国戍轮台”之句。

清赵翼《瓯北诗话》，谓放翁这种爱国思想，不是出于虚矫，幼时即习闻其父及当时士大夫敌忾的言论，深入于心，遂成定见，终身守之不变。放翁《跋周侍郎奏稿》云：“南渡初，先君归山阴，一时贤公卿与先君游者，言及靖康北狩，无不流涕哀恸。”又《跋傅给事帖》：“绍兴中，士大夫言及国事，无不痛哭，人人思杀贼。”所以他长大之后，无时不以恢复为念。

他有一首《关山月》古风，写出了激昂的愤慨之情，诗云：“和戎诏下十五年，将军不战空临边。朱门沉沉按歌舞，厩马肥死弓断弦。戍楼刁斗催落月，三十从军今白发。笛里谁知壮士心，沙扬空照征人骨。中原干戈古亦闻，岂有逆胡传子孙？遗民忍死望恢复，几处今宵垂泪痕。”

孝宗乾道六年（1170 年），放翁通判夔州。枢密使王炎宣抚川陕，旋辟为府僚，为炎陈进取之策。他说“经略中原，必自长安始，取长安必自陇右始。当积粟练兵，有衅则攻，无则守”（《宋史·陆游传》）。这些话虽未曾收积极效果，但他的壮志雄心，具备着挫敌的绵密计划，不仅徒作诗篇的吟咏而已。

皎皎初心兢兢晚节

放翁晚年为韩侂胄作《南园记》及《阅古堂记》，人以为阿附权贵，颇受清议之讥。

侂胄为北宋神宗时代名相魏国公韩琦的曾孙，因系外戚，窃弄威福，宁宗庆元间，骄横用事，怨流天下。庆元六年（1200 年），他的侄女韩皇后死，隔了两年，嘉泰二年（1202 年）立贵妃杨氏为后，侂胄虽于是年加太师，封平原郡王，而与杨后有怨，惧而谋立功，于是定伐金之议，于开禧二年（1206 年）江淮蜀汉，分数路北伐，师出屡败，民死无数。明年冬，他的政敌，密谋杀之。其谋始于史弥远，而成于杨后及后兄杨次山。又明年，宋廷斫侂胄棺取首，函以送金，和议遂成。

《南园》及《阅古堂》两记，作在放翁致仕之后。他严州知州任满辞归之后，家居十余年，复于嘉泰二年（1202 年）奉旨再起，以实录修撰的职位，修孝宗、光宗实录，职在文字，不及他务，明年书成，升宝章阁待制，然即力辞还山，再度致仕，其时年已七十七八，年迈而无意于仕进可知，侘胄乞其为记，不过慕其文学盛名，而放翁也未必有所希冀于韩。此老于进退出处之间，心中自有把握，有句云："愈老愈知生有涯，此时一念不容差"。又云："皎皎初心质天地，兢兢晚节踏冰渊"。

侂胄身败名裂之后，遂波及放翁，为士论所不容，他的儿子于放翁死后，为他编诗文集，甚至不敢收此两记。然细阅两文，对侂胄并少过分的谀词，更不能说他有何希荣附势之意。

《南园记》最后有云："游窃伏思公之门，才杰所萃也，而顾以属游者，岂谓其愚且老，又已挂衣冠而去，庶几无谀词，无侈言，而足以道公之志欤？而游所以承公之命而不获辞也。”

后世论者，大都为放翁呼冤。清袁枚《书陆游传后》云：

> 《宋史》称，陆游为侂胄记南园，见讥清议，余尝冤之。夫侂胄，魏公（韩琦）孙，智小而谋大，不过《易经》所称折足之鼎耳，非宦寺流也。南园成，延游为记，出所宠四夫人侑酒，游感其意，为文加规，劝其禔躬活民，毋忘先人之德。在侂胄亲仁，在游劝善，俱无所谓非。宋儒以恶侂胄故，波及于游。然则据宋儒之意，必使侂胄剔除善念，不许亲近一正人，而为正人者，又必视若洪水猛兽，望望然去之。呜呼，此宋以后清流之祸，所以延至明季而愈烈也。

开禧用兵，侂胄出于私人动机，铤而走险，卒至一败涂地。《宋史纪事本末》论曰：“国家大事，公心图之，尚虑不济，以私求胜，其谁听焉？”耿耿于心，不忘恢复，是放翁的一贯主张，他有一首《老马行》，云：“中原旱蝗胡运衰，王师北伐方传诏。一闻战鼓意气生，犹能为国平燕赵”。此诗作于何年，很难确考，但以老马自况，其为晚年可知，开禧二年（1206 年）五月，宁宗下伐金之诏，如诗中传诏之语即指此，则可定为此年之作，放翁不能审度时势，同情侂胄轻率行动，也许是他后来受到讥议的因素之一。然而他的动机，却在于公，而不在于私。

遗憾的婚姻离异

今日平剧有《钗头凤》一出，演放翁婚姻失意的遗憾。放翁早年婚于唐氏，琴瑟甚和，而因唐氏不得于姑，无可奈何而离异，后改嫁于赵，情绪上藕断丝连，唐氏改嫁后，不幸抑郁而卒，放翁终身不能忘情，屡有凄恻的诗词吟其思念悲悔之情。

南宋以及后世文人笔记，述此事者甚多，以刘克庄的《后村诗话》言之最早，而时代稍后于放翁的周密，其所撰《齐东野语》，记载最为详赡，据云：

“陆务观初娶唐氏，闳之女也，于其母夫人为姑侄。伉俪相得，而弗获于其姑。既出，而未忍绝之，则为别馆，时时往焉。姑知而掩之，虽先知挈去，然事不得隐，意绝之，亦人伦之变也。”

“唐后改适同郡宗子士程，尝于春日出游，相遇于禹迹寺南之沈氏园。唐以语赵，遣致酒肴。翁怅然久之，为赋《钗头凤》一词，题园壁间云：‘红酥手，黄藤酒，满城春色宫墙柳。东风恶，欢情薄，一怀愁绪，几年离索。错！错！错！春如旧，人空瘦，泪痕红浥鲛绡透。桃花落，闲池阁，山盟虽在，锦书难托，莫！莫！莫！’实绍兴乙亥岁（1155 年）也。”

“翁居鉴湖之三山，晚岁每入城，必登寺眺望，不能胜情。尝赋二绝句云：‘梦断香销四十年，沈园柳老不飞绵。此身行作稽山土，犹吊遗踪一怅然。’又云：‘城上斜阳画角哀，沈园无复旧池台。伤心桥下春波绿，曾是惊鸿照影来。’盖庆元己未（1199 年）岁也。”

“未久，唐氏死。至绍熙壬子（1192 年）岁复有诗，序云：禹迹寺南有沈氏小园，四十年前尝题小词一阕壁间，偶复一到，而园已易主，读之怅然。诗云：‘枫叶初丹槲叶黄，河阳愁鬓怯新霜。林亭感旧空回首，泉路凭谁说断肠？坏壁醉题尘漠漠，断云幽梦事茫茫。年来妄念消除尽，回向蒲龛一炷香。’”

“又至开禧乙丑岁（1205 年）岁暮，夜梦游沈氏园，又题两绝句云：‘路近城南已怕行，沈家园里更伤情。香穿客袖梅花在，绿蘸寺桥春水生。城南小陌又逢春，只见梅花不见人。玉骨久成泉下土，墨痕犹锁壁间尘。'"

周密生于理宗绍定五年（1232年），约在放翁死后二十余年后，《野语》虽为其晚年所记，但时代差距不多，所言当可信。唯记中所列各诗岁月，则有参差。如谓放翁所作两绝句，为庆元己未岁（1199年），按其时放翁已七十五岁，接着又说，“未久，唐氏死”，好像唐氏亦享高年，而绍熙壬子（1192年）之七律，在己未之前七年，已有泉路断肠，幽梦茫茫之句，则唐氏久已物故。再按当时别家记载，如陈鹄《耆旧续闻》，都说唐氏适赵后，“未几，怏怏而卒”。则唐氏必死得很早。

唐氏名琬，见清人《听雨轩笔记》，想必有所本，只是在宋人笔记中，不能找到证实的佐证。

虚构的无稽传说

前人笔记，有时不失为绝妙史料，然既为小说家言，不求证实，亦多摭拾无稽传说，而笔之于书的。

因为自南宋以后，放翁在蜀有与驿卒女的一个虚构传说，清人吴骞的《拜经楼诗话》，虽不否认放翁与唐氏的婚姻悲剧，但以为沈园怀旧诸作，玩其语意，或别有所属，未必为唐氏而吟。书此异说，以备参考。

所谓驿卒女故事，虽说者不只一家，而故事却是没有事实根据的。

南宋陈世崇的《随隐漫录》、陈鹄的《耆旧续闻》，都纪述此事。《随隐漫录》略云：

放翁至蜀，宿驿中，见壁上诗云：“玉阶蟋蟀闹清夜，金井梧桐辞故枝，一枕凄凉眠不得，挑灯起作感秋诗”。

询之知为驿卒女，遂纳为妾。半载余后，夫人王氏妒，竟逐之。妾有《生查子》词云：“只知眉上愁，不识愁来路。窗外有芭蕉，阵阵黄昏雨。晓起理残妆，整顿教愁去。不合画春山，依旧留愁住。”

放翁于乾道六年（1170 年）入蜀，自临安取水道赴建康，再溯江至夔州通判任。撰有《入蜀记》四卷，以日记体裁记行程甚详，旅途以船为家，即登岸至驿舍小憩，仍归宿舟中，并无宿驿之事。而他这一次旅行是挈眷同行的。《入蜀记》六月十三日记云：“夜月如昼，与家人步月驿外。”八月十四日又云：“泊刘官矶旁，儿辈登岸。”

放翁初入蜀之旅行，考其本人著作，既未宿驿，自不能有驿卒女之事。

然其后解夔州任，曾辟枢密史王炎幕府，旋通判蜀州，继摄知荥州事，不久又任成都府路安抚司参议官。先后在蜀凡十余年，在四川各地旅行，宿驿仍为事实所可能。

不过邮亭题壁，在古代虽很普遍，但也很多出于伪托。有人客中无聊，偶得凄艳缠绵的诗句，托为妇人所题，也是常事。周辉《清波杂志》言邮亭客舍题壁，“其笔墨柔弱，语言哀怨，皆好事者戏为妇人女子之作”。故题壁纵有其事，亦未必真有其人。岂好事者以此一诗一词串插而构成故事，嫁名于一代诗人，以满足传奇的条件。

放翁第一次婚姻的离异，有甚大遗憾，前已言之。哀恻感人，世不乏同情其前妻唐氏的人，遂迁怒于继娶之王夫人，谓其妒，盖古代以妇人之妒为严重的失德。于是虚构此驿女之被逐，诬之泄愤。

放翁才气超逸，尤名于诗，生平不拘细节，不免有风流颓放的行为，所以蜚短流长者，很容易构此莫须有故事加到他身上。后人笔记，且有“放翁初客于蜀，挟一妓归，蓄之别室”等记载。有人且说他“挟一蜀尼以归”。无根之谤，不一而足。

但放翁确有一妾为四川人。陆氏《渭南文集》有《山阴陆氏女墓铭》一文。此为放翁诸儿中最稚之女，生于淳熙丙午（1186 年）秋七月，夭于次年八月。放翁对此女甚所爱怜，“谓之女女而不名”。铭又云：“女女所生母杨氏，蜀郡华阳人。”谓之生母，显非嫡出。然这位华阳姨太太，身世虽无可考，绝非驿女，则可断言。盖淳熙十三年，距放翁初入蜀之年，已有十六载，而此时离蜀亦数历寒暑，随放翁东归生女，所谓半载被逐，更是风马牛不相及。放翁有此一妾，王夫人能容她存在，所谓“妒”，也不能说是事实了。

更有一个事实，可以证明驿卒女故事的虚构。《玉阶蟋蟀》一诗，乃放翁自己的作品，具见《剑南诗稿》卷八，题目为《感秋》，原为律诗，虚构故事截取后四句，成此所谓驿卒女的题壁七绝。前四句云：“西风繁杵捣征衣，客子关情正此时，万事从初聊复尔，百年强半欲何之。”

随遇而安自得其乐

放翁晚年致仕，在原籍山阴乡居之后，多贫病之吟。如云：“得米还忧无束薪，今年真欲甑生尘。”又云：“贫至今年剧，真无地置锥，判愁停贳酒，忍病罢迎医。”又云：“家贫不与身添业，病久宁非天儆予？”

多病而仍享八十五岁的高年，放翁深知养生之道。他说：“老无声色娱，戒惧在饮食。”又云：“九十老农缘底健，一生强半是单栖。”

最重要的，他能随遇而安，自得其乐。有一首《自笑》七律云；“宦途昔似伏辕驹，退处今如纵壑鱼。手自扫除松菊径，身常枕藉老庄书。郊居本自依农圃，社饮何妨逐里闾。白发萧然还自笑，风流犹自过江初。”

老年人通病，为目光昏霾和牙齿衰颓，放翁的时代，尚无眼镜和义齿为补救，但他的目光和牙齿，到高年仍能保持健好。他七十六岁有句云：“目光焰焰夜穿帐”，又云：“细书如蚁眼犹明”。七十七岁时有云：“老夫垂八十，严电尚烂烂。孤灯观细字，坚坐常夜半。”又云：“一齿已摇犹决肉，双眸虽涩尚耽书。”

我们不能不说，这位吟诗万首的老诗人，是得天独厚了。

名士与名妓姻缘

风尘中的奇女子

明季崇祯甲申（1644 年）之变，北都既陷，福王立于南京，以弘光纪年，仅有一载，清兵南下而覆亡，在这时期和以前，秦淮风月称盛，板荡乱离中，有不少风尘奇女子，名士和名妓发生了不平凡的姻缘。本篇拟谈谈侯方域与李香，冒辟疆与董小宛，钱牧斋与柳如是，他们的情爱遇合。

先说侯李的一段关系。

侯方域字朝宗，他的作品传于今者有《壮悔堂集》。诗文并著，他所作古文尤著于诗，才华文藻，自有可传，今日一般人的普遍认识他，实得力于清初孔尚任所撰《桃花扇》剧本。

孔字东塘，号云亭山人，孔子六十四世孙。《桃花扇》以侯方域与秦淮名妓李香君为主角，抒写明末亡国之痛。东塘自序云："于朝政得失，文人序散，皆确考时地，全无假借。"后人谓《桃花扇》"以传奇而可作信史读"。

《藤花亭曲话》云："《桃花扇》笔意疏爽，写南朝人物，字字绘色绘声。至文词之妙，其艳处如临风桃蕊，其哀处似著雨梨花，固是一时杰构。"

然历史是历史，戏剧是戏剧。剧作者为剧情的发展于妙境，虽以历史人物为角色，有时事迹关目，必须有所增饰或牵合，原不必处处征实，即与史事乖违，仍无损其文学的价值。近年署名晚禾的作家撰文谓，“戏剧之蜕化形成，与历史事实之关系少，故从戏剧考证历史，或以历史印证戏剧，断难全相吻合”。这个看法是正确的。《桃花扇》之真价值，并不在“确考时地，全无假借”。然而侯李姻缘，则大体都是事实。

《桃花扇》剧本叙侯李于金陵定情，其后分离，别后香君面血溅扇，杨龙友以画笔勾勒成桃花，以赠寄方域，剧因以为名。据孔尚任自序中言，此说得自族兄方训，而为龙友言于方训者。方训于崇祯末为南部曹，得闻弘光遗事甚悉。以桃花扇达诚寄意，即使为事实所无，出乎尚任的构想，其哀感动人，从戏剧观点说，也是一个出色的高潮。

“怀中婀娜袖中藏”

侯方域《壮悔堂集》有《李姬传》，述与香君订交始末。当时人余澹心撰《板桥杂记》述秦淮花月，也说到香君故事。方域《李姬传》谓“李姬者，名香。”《板桥杂记》亦作李香，均不称“香君”。

《板桥杂记》云：“李香身躯短小，肤理玉色，慧俊婉转，调笑无双，人名之为香扇坠。”澹心尝赠之以诗，有句云：“生小倾城是李香，怀中婀娜袖中藏”。她有小巧玲珑的姿貌。

李姬的假母，也是秦淮名女人。《李姬传》云：“母曰贞丽。贞丽有侠气，尝一夜博，输千金立尽，所交接皆当世豪杰，尤与阳羡陈贞慧善。姬为其养女，亦侠而慧，略知书，能辨别士大夫贤否。”

香之能辨别士大夫贤否，和以后劝方域不受权奸阮大铖笼络，大约和她假母的作风，也有间接间关系。方域又云：

（李香）年十三，从吴人周如松受歌玉茗堂四传奇，皆能尽其音节。尤工琵琶词，然不轻发也。

玉茗堂四传奇，为明临川汤若士之《牡丹亭》、《紫钗记》、《邯郸记》、《南柯记》。琵琶词则指元末永嘉高则诚之《琵琶记》。

方域识李姬于金陵，岁次己卯，即明崇祯十二年（1639年），时距李闯陷北都，弘光立于南京，尚有五载。方域生于万历四十六年（1618年），识李香时年为二十一岁。

上文说及李香劝方域不受权奸阮大铖的利用和笼络，这一番瓜葛，《李姬传》中言之甚详。

初，皖人阮大铖，以阿附宦官魏忠贤，名列逆案。《李姬传》云，大铖"屏居金陵，为清议所斥，阳羡陈贞慧，贵池吴应箕，实首其事，持之力。大铖不得已，欲侯生（方域）为解之。乃假所善王将军，日载酒食与侯生游。姬曰：王将军贫，非结客者，公子盍叩之？侯生三问，将军乃屏人述大铖意。姬私语侯生曰：妾少从假母识阳羡君，其人有高义，闻吴君尤铮铮，今皆与公子善，奈何以阮公负至交乎？且以公子之世望，安事阮公？公子读万卷书，所见岂后于贱妾耶"。方域遂与王将军不复通。

未几方域下第将归，香置酒桃叶渡，歌琵琶词以送之。按《琵琶记》演汉末蔡中郎事。李香歌之，实有深意，她说：

公子才名文藻，雅不减中郎。中郎学不辅行，今琵琶所传词固妄，然尝昵董卓，不可掩也。公子豪迈不羁，又失意，此去相见未可期，愿终自爱，无忘妾所歌琵琶词也。妾亦不复歌矣。

清张山来《虞初新志》，以《桃花扇传奇》未及《琵琶词》一事，很表惋惜，曰：“岂以其词不雅驯，故略之耶？”

“忍对桃花说李香”

李香的识见，实非一寻常女子。清包世臣《艺舟双辑》评《桃花扇》人物曰：“敬亭、昆生、香君，皆抱忠义知勇，辱在泥途。”又云：“负重名持清议者，无如三公子五秀才，而迂腐蒙昧，乃与尸居者不殊。”且谓当时“立廊庙主封域者，非奸即庸，欲国步之不日蹙，其可得乎？”

方域于明亡后，顺治癸巳（1654 年）出应秋试，后节不终，张船山有诗讽之，句云：“两朝应举侯公子，忍对桃花说李香”。

飘花落叶绮年早世

明妓董小宛亦隶秦淮乐籍，以才貌出众，负盛名于名流间。小宛名白，一字青莲。张公亮作《董小宛传》，谓其“七八岁，母陈氏教以书翰，辄了了。年十一二，神姿艳发，窈窕婵娟”。小宛虽是风尘名妓，而其性好静。张传云：“每至幽林远壑，多依恋不能去。若夫男女阗集，喧笑并作，则心厌色沮，亟去之。居恒揽镜自语其影曰：吾姿慧如此，即诎首庸人妇，犹当叹采凤随鸦，况作飘花落叶乎？”张传称她为奇女子。

崇祯十二年（1639 年），识如皋冒辟疆（襄），辟疆又字巢民，父祖皆显贵，姿仪翩翩，文采风流，佳公子也，小宛一见钟情，经过了若干挫折，卒由当时被称为“一代龙门，风流教主”的钱谦益和若干友人，为小宛清了债务，于崇祯十五年壬午（1642 年），撮合归辟疆为侧室，才子佳人成了眷属。

此后经过了九年意挚情深的生活，小宛以绮年逝世。时为二十八岁，辟疆四十又一。辟疆默然伤怀，撰《亡妾董小宛哀辞》序云：“小宛自壬午归副室，与余形影俪者九年，今辛卯（1651 年）献岁二日长逝”。辟疆又作《影梅庵忆语》，追述两人的恩爱生活，哀感顽艳，为脍炙人口的悼亡佳作。辟疆诗文，有《朴巢》、《水绘》两集，但后人对之反少注意，流传较广的却仅有此《忆语》一篇。

《忆语》于起居饮食，纤屑具载，唯于小宛如何而病，如何而死，则轻轻带过，没有详细记载，而小宛死后，张公亮所撰《董小宛传》，曰：“年仅二十七岁，以劳瘁卒。其致疾之由与久病之状，并隐微难悉。”（所说二十七岁，或以实足年龄计算，小宛死于正月二日，过年二日，照我国计算年龄的方法，应增加一岁，故为二十八岁。）

“隐微难悉”一语，引起后世的怀疑，有人且附会吴梅村咏顺治宠妃董鄂氏的《清凉山赞佛诗》，谓董鄂妃即董小宛。强诬小宛为北兵掳去，入宫为妃，极得顺治宠爱，绮年早世，顺治帝哀痛逾恒，厌世而到清凉山为僧云云。

此说之无稽，孟心史于民初作《董小宛考》，详辟其妄。且于吴诗细加推考，重加笺释，事事皆与董鄂妃合，而与小宛无关。董鄂妃为满人，初传小宛入宫之说，盖以汉人“董”姓与满人董鄂氏混淆而未加分别，并没有辨明满人之“董鄂”绝非汉姓之“董”。

孟心史最有力的证据，考定小宛的年龄比顺治帝大了一倍。其言曰：“当小宛艳帜高张之日，正世祖（顺治帝）呱呱坠地之年。小宛死于顺治辛卯（1651 年），辟疆同人集中，海内名流以诗词相吊者无数。时世祖尚只十四岁，小宛则二十八岁，所谓年长以倍者也。”且小宛行踪，一生没有到过黄河以北，遑论进京入宫。时间空间，都不可能与顺治帝有何关系。

香姿玉色脉脉含情

崇祯十二年（1639年）小宛因厌秦淮纷嚣，徙至吴门，辟疆访之于半塘水涯小楼寓所，张公亮为小宛作传，记其良晤之始，用笔甚细腻，曰：

> 一日，姬方醉睡，闻冒子在门，其母亦慧倩，亟扶出，相见于曲栏花下。主宾双目有光，若月流于堂户。已而，四目瞪视，不发一语。盖辟疆心筹，谓此入眼第一，可系红线。而宛君则内语曰：“吾静观之，得其神趣，此殆吾委心塌地处也。”但即欲自归，恐太遽。遂如梦值故欢旧戚，两意融洽，莫不举似。但连声顾其母曰：“异人，异人。”

《忆语》于两人初见，小宛脉脉含情之态，亦有记述。云：“姬母秀且贤……从花径扶姬于曲栏，与余晤，面晕浅春，缬眼流视，香姿玉色，神韵天然，懒慢不交一语。”着笔不多，自然意远。

两人结合，尚在三年以后，到小宛之死，虽经九载的绸缪，其间经过两次逃难，盖甲申国变后，辟疆故乡如皋，盗贼横行，杀人如草。变乱中有惊有险，一家幸而安全，但辟疆于数年间，遭了三次危疾，小宛尽劳竭瘁，伺候病人，辟疆《忆语》叙述甚详，有一节云：

> 久抱奇疾，血下数升，肠胃中积如石之块，以千计。骤寒骤热，片时数千语，皆首尾无端，或数昼夜不知醒。医者妄投以补，病益笃，勺水不入口者二十余日。此番莫不谓其必死，余心则炯炯然，盖余之病不

从境入也。姬当大火铄金时，不挥汗，不驱蚊，昼夜坐药炉旁，密伺余于枕边足畔六十昼夜。凡我意之所及，与意之所未及，咸先后之。己丑（1649年）秋疽发于背，复如是百日。余五年危疾者三，而所逢皆死症，惟余以不死待之，微姬力，恐未必能坚以不死也。

一生清福九年占尽

辟疆自叹："一生清福，九年占尽，九年折尽。"他和小宛的闺阁生活，温柔中有雅趣，品茗焚香，莳花赏月，两人都有相同的癖好，不愧"清福"二字。《忆语》都有十分细腻的记述，有云："姬嗜茶与余同性……文火细烟，小鼎长泉，必手自吹涤……每花前月下，静试对尝，碧沈香泛，真如木兰沾露，瑶草临波，备极卢陆之致。"记"焚香"云："寒夜小室，玉帏四垂，毾㲪重叠，烧二尺许绛蜡二三枝，陈设参差，堂几错列大小数宣炉，宿火常热，色如液金粟玉，细拨活灰一寸，灰上隔砂选香蒸之，历半夜，炉香凝燃，不焦不竭，郁勃氤氲。……忆年来共恋此味此境，恒打晓钟，尚未着枕，与姬细想，'闺怨'有'斜倚薰笼，拨尽寒炉'之苦，我两人如在蕊珠众香深处，今人与香气俱散矣。安得返魂一粒，起于幽房扃室中也？"

辟疆家，园亭凡有隙地，皆植梅，春来早夜出入，皆烂漫香雪中，《忆语》云："姬于含蕊时，先相枝之横斜，与几上军持（佛经语，义为花瓶）相受，或隔岁便芟翦得宜，至花放恰采入供。即四时草花竹叶，无不经营绝慧，领略殊清，使冷韵幽香，恒霏微于曲房斗室。"

小宛喜读唐人杜少陵及李义山诗，书法临摹钟繇笔意，尝于吴门学画未成，《忆语》谓其"能作小丛寒树，笔墨楚楚"。辟疆裒集四唐诗，《忆语》

云："姬终日佐余稽查抄写，细心商订，永日终夜，相对忘言"。

同时代的陈迦陵，所著《妇人集》，云小宛"集古今闺帏轶事，荟为一书，名曰奁艳"。可惜此书仅存其名，今已无处搜求了。

极尽人间丑态

南明弘光二年（1645 年）五月，清豫王多铎率军渡江，南都陷，迎降行列中有礼部尚书钱谦益。谦益常熟人，字受之，号牧斋，又号蒙叟，万历进士，官礼部侍郎，坐事削籍归，甲申变后，福王立于南京，勾结阮大铖，复官拜礼部尚书。

这位撮合冒辟疆和董小宛的钱谦益，也有一妾名柳如是，如是初为吴江名妓，曾否隶籍秦淮，未见记载，但尝负艳名于江南。柳字靡芜，本姓杨，名爱，色艺冠一时，归谦益后，改名柳如是。

相传南都陷，如是尝"劝谦益殉国，谦益不能从"。此说也许不是事实。据另外的记载，如是性佻达，好虚荣。弘光时，随其夫谄事阮大铖，似非深明节义之人。

阮大铖于天启朝阿附魏珰，崇祯朝削逐，列为"逆案"中人，弘光偏安江左，勾结马士英，复官用事，为士林所不齿，谦益热衷名位，利用柳如是，结交大铖，极尽人间丑态。南沙三余氏所著《明季五藩实录》，言之甚悉。

"谦益之起也，以家妓为妻者柳如是自随，冠插雉羽，戎服骑入国门，如昭君出塞状，都人咸笑之。谦益以弥缝大铖得进用，乃出其妾柳氏为阮奉酒。阮赠一珠冠，值千金。谦命柳姬谢，且移席近阮，闻者绝倒。"

这个记载如果是确实的，那么，"佻达虚荣"的评语，当非过甚之词，无耻如此，劝谦益殉国之说，就很难取信。

热衷而巧为伪饰

谦益得如是，已过中年，小横香室主人所辑《清代述异》曰：“钱求媚药与柳周旋，柳笑曰：此之谓华而不实，大而无当。人谓此八字并可移赠牧斋诗文集”。因鄙薄牧斋为人，而讥及其诗文，非持平之论。钱为名教罪人，千古唾弃，然诗文雅健，领袖两朝，要无愧色。牧斋所著《初学》、《有学》二集，乾隆时以语涉诽谤，板被禁毁，清末文纲渐疏，始有印行者。当时学人黄摩西序其集，略曰：

钱蒙叟之为人，热衷作伪，久为论者所鄙夷。观其点将东林，蒙叟有天巧星之目，而其一生，俛得俛失，卒之进退失据者，皆以巧致之。盖蒙叟才大而识暗，志锐而守馁，故愈巧愈拙，然亦其因不幸而重犯不踬，又不得志，其文乃雄奇变化，随其一生之历史而自为风气，声价几与宋之苏黄媲美，则拙于谋身者，未尝不巧于谋文焉。

清人王应奎所作《柳南随笔》，尝记谦益以亡国大臣献纳清豫王贡品一单，曰：

顺治乙酉（1645 年），豫王下江南，残明诸臣咸致重币，以虞山钱牧斋所献为最薄，盖自表其廉洁也。其所具柬帖，第一行细书：太子太保、礼部尚书、翰林学士臣钱谦益，尾亦如之。其贡品乃鎏金金银壶、珐琅银壶各一具，蟠龙玉杯、宋制玉杯、天鹿犀杯、葵花犀杯、芙蓉犀杯、珐琅鼎杯各一具，珐琅鹤杯、银镶鹤杯各一对，宣德宫扇十柄、真金川扇十柄、弋阳金扇十柄、百子宫扇十柄、真金杭扇十柄、真金苏扇四十柄，银镶象箸十双。

上单所列，亦不算菲薄，当时投降诸臣所献之厚，可以想见。而谦益热衷而巧为伪饰，黄摩西的论断，可得一明证。

绛云楼及红豆山庄

如是亦工词翰，归钱后，夫妇唱酬无虚日，牧斋构绛云楼以居之。绛云楼不仅藏娇，且藏书极富。

葛万里《牧斋年谱》云："崇祯十六年癸未（1643年）牧翁六十二岁，绛云楼上梁，以诗代文。"牧斋所自撰的《河东君传》云："筑绛云楼于半野堂之后，仿李易安翻书赌茗故事。"河东君即指爱妾柳如是。

绛云楼于清顺治七年（1650年）庚寅孟冬毁于火，中有宋刻孤本，劫后不可再得者甚多。曹溶《绛云楼书目题词》有云：

> 其幼女，中夜与乳媪戏楼上，剪烛灺，误落纸堆中，遂燬。宗伯（谦益）楼下惊起，焰已张天，不及救，仓皇出走，俄顷楼与书俱尽。余闻骇甚，特过唁之，谓余曰：古书不存矣。宗伯每一部书，能言旧刻若何，新板若何，中间差别几何，验之纤悉不爽，盖于书于书无不读，去他人徒好书束高阁者远甚。

书目为绛云楼灾后，谦益追思之作。绛云一炬，藏书家叹为江左图书一厄。

谦益在常熟又有两别业，一曰拂水山房，一曰红豆山庄，均在城郊之外。

清初名流咏拂水山房诗者甚多，查初白有“生不并时怜我晚，死无他恨惜公迟”，论者谓温柔敦厚中有深刻的讽刺。

红豆山庄离常熟城约十许里，红豆一株，至今犹存，笔者于三十年前尝访其地，树高十数丈，半已枯萎，枝干杈桠，颇有画意，乡农言春间略盛，岂唐诗所谓“春来发几枝”耶？初秋结豆，不过二三十荚，豆殷红如宝石，得者珍之。附近均已夷为农田，树下十数丈不可耕，唯余蔓草，欲觅三百年前山庄旧址，即残阶颓垣亦不可得矣。

柳如是自经毕命

谦益没而无子，族人觊觎遗产，纠合无赖，嚣于柳如是之室，诟厉万端，柳不能堪，自经毕命。后人言柳殉牧斋，实牧斋之厚藏诲盗，有以致之。

如是书法极佳，尝见其所书七言楹联一副，淡红洒金珊瑚笺，下款署“柳氏如是书”，书法宗赵孟頫，融会以黄山谷笔法，妩媚而洒脱刚劲，挺拔不类闺阁笔致。

纳兰容若及其词

如鱼饮水冷暖自知

纳兰容若所作词，为清初一大家，梁任公读容若所撰《渌水亭杂志》，跋云：“容若小词，直追李主”。容若的友人陈其年亦谓：“饮水词哀感顽艳，得南唐二主之遗。”

南唐二主，李璟作品所传不多，李煜（后主）国破家亡，屈辱侘傺，以倚声发抒他内心感受，叶嘉莹教授说他作品，意境直探人生的核心。词自晚唐五代以来，不超出春愁秋恨，离合悲欢的闺阁情操，到李后主境界方广，感慨乃深，不啻以血泪写成。

文学作家之垂名千古，天才是一回事，从际遇中所得到的启发，又是一回事，李后主具备这两个条件，很少人能望其项背的。容若以翩翩佳公子，没有后主的际遇，他的词，天姿英绝，遣词用字，婉丽俊逸，也许略有后主风格，表现了他的文学天才，若说他可比后主，则有不逮。

纳兰，满洲正黄旗人，字容若，初名成德，后改性德，父明珠，清康熙朝屡迁至武英殿大学士，晋太子太师。容若履盛处丰，生长绮华，其弱冠所作词，集名《侧帽》，取宋人晏几道（叔原）小山词“侧帽风前花满路”句意。论者谓“有乌衣少年，樽前马上之概”。自后所刊，更名“饮水”，取意于佛家所说，“如鱼饮水，冷暖自知”。

生长绮华世味甚淡

容若服膺晏叔原，集名取自晏词，是有原因的。两人生平有若干相似处，也有不同处。叔原的父亲晏殊（同叔）亦以词著，父子均为北宋大家，世称大晏和小晏。大晏在宋仁宗时代官至同平章事兼枢密使。容若和小晏两人之父，都位极人臣，所以都得家庭余荫。但两人本身官位则不高，叔原为太常祝，监许田镇，黄山谷小山词序云：“仕宦连蹇，而不能一傍贵人之门”。

山谷又云：“晏叔原，临淄公之暮子也。磊隗权奇，疏于顾忌，文章翰墨，自立规摹，常欲轩轾人，而不受世之轻重，诸公虽称爱之，而又以小谨望之，遂陆沈于下位。”

有一故事，颇见叔原的倨傲与不近人情。《砚北杂志》云：“元祐中，叔原以长短句行，苏子瞻因鲁直欲见之。则谢曰：今日政事堂中半吾家旧客，亦未暇见也。”

容若于二十二岁廷对后，被康熙帝擢为侍卫。后自三等，擢至一等侍卫，尝扈从帝驾，避暑古北口及南巡山东江浙，虽处身宫禁密勿，而官位不过如此。他虽不似晏叔原的恃才傲物，但并不乐于仕进。死后韩菼为其撰神道碑，说他“身在高门广厦，常有山泽鱼鸟之想”。其所作诗，常常透露了他淡泊的胸襟和志趣，其《拟古》云：“曰余餐霞人，簪绂忽如寄”。又云：“丈夫故溪达，身世何汲汲？外物信非意，潦倒翻成泣。”又云：“我本落拓人，无为自拘束。倜傥寄天地，樊笼非所欲。”《野鹤吟》云：“仆亦本狂士，富贵鸿毛轻。欲隐道无由，幡然逐华缨。动止类循墙，戢身避高名。”

他糟粕功名，世味甚淡，然与当时名士多有交往，如严绳孙、顾贞观、朱彝尊、姜宸英辈，容若虚己纳交，莫不披沥肝胆，激发至情。

晏叔原“潜心六艺，玩思百家”（山谷语），容若也不仅工于词，他的学问是多方面的，经学史学，都有兴趣，所刻《通志堂经解》，至今为经学津梁。容若别有《通志堂集》十八卷传世，叔原惟传《小山词》，其余著述，皆不可考。

容若英年早逝，死于三十一岁，叔原则享高年，其生卒年月，不可确考。但据夏承焘所撰《二晏年谱》，叔原约生于天圣八年（1030 年），卒于崇宁五年（1106 年），享年七十四五岁。《四库提要》词林万选条云：“几道死靖康之难”，此不见于他书。叔原若生于天圣末，下推至靖康已九十左右，当不可信。叔原之子溥，靖康初官河北，御金人战死，“提要”因此有了误会。

佚丽清新伯仲之间

纳兰容若与晏叔原所填词，作风极相似，所以上面不惜篇幅，把先后相隔六七百年两位词人的生平与个性作一比较。我们随便举出两人的几篇作品，其佚丽清新，一往情深的风格，几乎看不出有什么不同。如果把它们混在一起，简直分辨不出那一篇是两人之中那一人所作。

小山词《采桑子》：

当时月下分飞处，依旧凄凉。也会思量，不道孤眠夜更长。泪痕揾遍鸳鸯枕，重绕回廊。月上东窗，长到如今欲断肠。

金风玉露初凉夜，秋草窗前。浅醉闲眠，一沈江风梦不圆。长情短恨难凭寄，枉费红笺。试拂么弦，却恐琴心可暗传。

纳兰词《采桑子》：

彤云久绝飞琼宇，人在谁边，人在谁边？今夜玉清眠不眠？香销被冷残灯灭，静数秋天，静数秋天，又误心期到下弦。

谁翻乐府凄凉曲，风也萧萧，雨也萧萧。瘦尽灯花又一宵。不知何事萦怀抱，醒也无聊，醉也无聊，梦也何曾到谢桥。

容若的友人顾梁汾说，纳兰“门地才华，直赶晏小山而上之”。这说法实是从友情出发的夸张，小山的名句，如：“今宵剩把银缸照，犹恐相逢是梦中”。又如：“舞低杨叶楼心月，歌尽桃花扇底风”。脍炙人口，黄山谷所谓“动摇人心”，在纳兰词中不易找到，我们从全盘作品作客观衡量，只能说，两人是在伯仲之间，也许小山还略胜一筹。

笔者在另一篇文章里，曾说，宋词与娼妓或歌姬有不解之缘，词大都为付歌姬讴唱而作，黄山谷谓叔原“室有倩盼慧女”，而《小山词》自序亦云，“陈十君龙，家有莲鸿、苹云、品清，讴歌娱客，每得一解，即以草授诸儿持酒听之，为一笑乐而已”。古代男女社交不公开，文人学士柔情蜜意之寄托，往往以欢场或家中的妓侍为对象。叔原那些缠绵香艳之作，一部分必为所爱而吟咏。可惜纪传资料缺略，他所爱所欢，究竟是什么人，有些什么经过，很难臆测。

《小山词》中所收作品，仅有曲调之名，如《虞美人》、《菩萨蛮》之类，别无标题，更无小引，后世读者，亦无作为探索其爱情生活的契机。

两处鸳鸯各自凉

元明曲兴，到了清初，代替了词的歌唱，词不再配合管弦，可唱可讴，而仅有文字供人欣赏。纳兰词，在曲调名称之外，有的另列标题，甚至还有短序，提供了蛛丝马迹，后世读者可约略探索作者的生活情态。

容若配卢氏，为两广总督兴祖之女。他与卢氏夫人有深厚情爱，不幸结缡未久，卢氏谢世，集中有若干悼亡之作。论者以为纳兰悼亡之后，他的作品越发伤感凄恻，一字一泪，至终身如此。

其《沁园春》一阕，怀念亡妻，序云："丁巳重阳前三日，梦亡妇澹妆素服，执手哽咽，语多不复能记。但临别有云：衔恨愿为天上月，年年犹得向郎圆。妇素未工诗，不知何以得此也。觉后感赋"。词云：

> 瞬息浮生，薄命如斯，低徊怎忘？自那番摧折，无衫不泪，几年恩爱，有梦何妨。最苦啼鹃，频催别鹄，赢得更深哭一场。遗容在，只灵飚一转，未许端详。
>
> 重寻碧落茫茫，料短发朝来定有霜。信人间天上，尘缘未断，春花秋月，触绪还伤。欲结绸缪，翻惊摇落，两处鸯鸳各自凉。真无奈，把声声檐雨，谱入愁乡。

容若何年悼亡，苦无确证可寻，但这首词供给了一些可供推敲的线索，序中说丁巳，这是康熙十六年（1677 年），考是年容若二十三岁，已赋悼亡，但妻亡未必即在是年。词有"几年恩爱"之句，可知两人结缡时间，可能有两年或三年。

思念亡妻的哀痛

再引其小令《青衫湿》与《鹧鸪天》各一阙，以见其思念亡妻的哀痛，情见乎词。

《青衫湿·悼亡》：

近来无限伤心事，谁与话长更？从教分付、绿窗红泪，早雁初莺。当时领略，而今断送，总负多情。忽疑君到，漆灯风飐，痴数春星。

《鹧鸪天·十月初四夜风雨，其明日是亡妇生辰》：

尘满疏帘素带飘，真成暗度可怜宵。几回偷拭青衫泪，忽傍犀奁见翠翘。唯有恨，转无聊，五更依旧落花朝。衰杨叶尽丝难尽，冷雨西风打画桥。

一个爱情疑案

容若伉俪情深，上引数词，读之使人凄然以感。纳兰词中还有一些哀恻缠绵之作，如果把那些词句搜集和综合起来，似可得一端倪，推测他于爱妻之外，另有一个恋人。此一恋人，初曾与容若缔盟，后来选入宫闱，好事不谐，而成永别，伤心失意，隐约在作品中付之吟咏。我们且看下面那些哀惋凄清的名字：

《忆桃源墁》："加餐千万，寄声珍重，而今始会当曰意。"《菩萨蛮》："记得别伊时，桃花万柳枝。"与伊人分别当在春天。

《减字木兰花》："自惜寻春来较晚，知道今生那见卿。"一别之后，永无相见之期。

《念奴娇》："怕见人去楼空，柳枝无恙，犹扫窗间月，无分暗香深处住，悔把兰襟亲结。"《浣溪纱》："旧游时节好花天，断肠人去自今年。"既有今日，何必当初，故有悔结兰襟之叹。

但与宫闱何关？《昭君怨》一阙，似乎提供了一些探索契机，词云："深禁好春谁惜，薄暮瑶阶伫立，别院管弦声，不分明。又是梨花欲谢，绣被春寒今夜，寂寂锁朱门，梦承恩"。朱门何地？承恩何事？又云深禁，则所念伊人，已在宫禁之中，人天远隔矣。

昔人诗词往往有宫怨之体，然纳兰词中仅有上述《昭君怨》一首，咏及宫闱，则非泛指可知，何况"又是梨花欲谢"，道出了与伊人分别的时间，当年分别是春天，现在又是春天了。

容若赠其友顾梁汾的《金缕曲》，在不知不觉中，不着痕迹，透露了他的心事，云："多少殷勤红叶句，御沟深，不似天河浅"。相传牛郎织女，七夕尚可相见，而御沟比天河更深，与伊人永远暌隔。

不过，这个故事，多凭臆测，别无确证，姑妄言之，以供爱好纳兰词者的谈助。

风流风趣说板桥

性爱的畸形发展

笔者年前写《帝王生活》，谈古昔帝王所谓断袖分桃的变态性生活，提及英国下议院于 1967 年 7 月 4 日，以 99 对 14 票三读通过法案，成年男子的同性恋爱，成为合法。曾加按语云，“英国成年男子间的同性恋，较为流行。这个所谓开发国家，在性生活方面已开发到不毛之地，而为法律所承认，这是开发中国家和未开发国家所望尘莫及的”。

自有人类以来，大约即有这种畸形的性关系，不过承认它合法化，却是旷古所未有。有人说，同性恋大都发生在隔离异性的生活环境里，或由一种变态心理，羞涩或畏怯，不敢与异性接触，遂有此种性爱的畸形发展。

心理学大师弗洛伊德（Sigmund Freud）却另有一种说法，他以为此事的出发点，在所谓“俄狄普斯情意综”（Oedipus Complex）。俄底普斯是古希腊一个弑父妻母的王子，这种不正常心理进一步的转变，渐渐把自己看作母亲的替身，同时又要寻出一个对象来可以替代他自己，使他爱这个人，像他母亲爱他一样，于是发展成男性的同性爱，他说这是“俄狄普斯情意综”带着假面具求满足。

此一说法，也许适用于少数特殊例子，若说普遍如此，则不免玄之又玄了。清末燕都士大夫“狎优”与“男色”的盛行，有时也不只是逢场作戏，却动了真爱情，若用弗洛伊德的学说去分析其原因，恐怕很难解释得通。而上面另一种所谓异性隔绝，羞涩畏怯的说法，也不完全把握了事实。人类是最怪异的动物，其行为与心理的变态发展，有时神乎其神，莫名其妙的。

清末燕都男色流行，有一种卑之无甚高论的解释，似乎还切合实际一些。有人说，清代禁官吏狎妓，于是那些朝贵和士大夫，转其柔情，以向伶人。在清末拳乱之前，京师尚无女伶，那些面目姣好的年轻男伶，浓妆艳抹，修饰容貌，眉听目语，易弁为钗，称为“像姑”，音讹俗呼为“相公”，其接客的寓所，称“相公堂子”。狎优既为法律所不禁，于是朝贵名公，不相避忌，互成习惯，每逢宴饮，可招“相公”侑酒，在酒酣耳热之下，难免作些猥亵勾当。李慈铭《越缦堂日记》有云：“丁兰谷邀饮福兴居，招芷秋、心兰数郎。丁士彬丑秽之状，更不可堪，至与心兰互脱其裤……地狱变相，乃至于此。”又云：“都中士夫，风气扫地，深可叹也。”

越缦本人，也未尝不好此道，其日记所记优伶名字，上述者外更有钱秋菱、时琴香、梅蕙仙诸人，高拜石《古春风楼琐记》，说他：“自说自话，肉麻之极，他自赞心犹五尺之童。”

梅蕙仙名巧玲，蕙仙其字。他是梅兰芳的祖父，艺名早著，艳丽亦为当时狎客所倾倒。蕙仙二子，长名大琐，次名二琐，二琐为兰芳之父，早死。沈南野《宣南零梦录》，记其招大琐侑酒，说他：“既至则敛襟默坐，沉静端庄，类大家闺秀，肥白如匏，双靥红润，若傅脂粉，同人拟以‘荷露粉垂，杏花烟润’八字，谓其神似薛宝钗也”。

清初已早开风气

以上所记，为晚清同光间事，士大夫的变态性爱，在清初似乎已开风气。历康、雍、乾三朝的郑板桥，以及较他年轻二十一岁的袁子才，二人皆以进士出任知县后退居林泉，郑以诗、书、画三绝，为当时名士，袁则以诗著，两人却都有“断袖”之癖。

袁子才《随园诗话》云：

乾隆己未（1799 年），京师伶人许云亭，名冠一时，群翰林慕之，纠金演剧。余虽年少，而敝车羸马，无足动许者。许流目送笑，若将昵焉。余心疑之，未敢问也。次日侵晨，竟叩门而至，情款绸缪，余喜过望，赠诗云：“笙清簧煖小排当，绝代飞琼最擅场。底事一泓秋水剪，曲终人反顾周郎。”

诗话另一则记当时名公毕秋帆与优伶交好事，云：

李桂官与毕秋帆尚书交好。毕未第时，李服事最殷，病则称药量水，出则授辔随车。毕中庚辰进士，李为购素册，界乌丝，劝习殿试卷子，果大魁天下。

溧阳相公，康熙前庚辰进士也，重赴樱桃之宴，闻桂郎在座，笑曰：“我揩老眼，要一见状元夫人。”其名重如此。戊子年，毕公官陕西，李将往访，过金陵，年已三十，风韵犹存，余作歌赠之，序其《劝毕公习字》云：“若教内助论勋伐，合使夫人让诰封。”

称优伶为夫人，虽友朋戏谑，但可见士大夫的心理和当时风气。且所好对象，初不以优伶为限，凡面目姣好的少年，那些大人先生们都可动心。袁子才于金陵，一日途中见一赌博枷犯，即为致函上元县令，要求释放，函见《小仓山房尺牍》。云：

从尊署归，过北门桥，见荷校者，嫣然少年，饶有姿媚。问何修而获此，曰为赌博耳。仆记汉书列侯功臣年表，以博掩失侯者十余人。可见天性好赌，自古有之，王侯将相，且然矣，况里巷子弟乎？且造物虽巧，生人易，生美人难，谈何容易，于千万人中，布置眉目，略略妥当，而地方官不护惜之，反学牛羊从而践踏之，忍乎哉！问何业，曰修发匠也。余发如此种种矣，可速释之，命原差送来一试其技。唐人诗曰：休将两片木，夹杀一枝花。敬诵之，为若人请命。

县令派人把赌徒送去，不料发现他既不谙剃发技术，貌亦不佳，子才失望之余，又给县令写了一封颇带幽默感的书札，云：

荷校者来，仆拥髻而出，急令沐剃，谁知奏刀茫然，发未落而头先伤，竟是以怨报德，方知彼固店家之酒旗，以貌招，以体荐，而非以技奏者也。磁能引铁，而欲其牵瓦也，不亦难乎？且谛视之，貌亦不佳，自觉前书之无谓。虽然，彼虽技不佳，貌不佳，而能遇雾里看花之老叟，又能遇肯听下情之好官，则其流年月建，固已佳矣，顺天者昌，于余心终无悔焉。特再布知，同为一笑。

“乍见心惊意便亲”

郑板桥也有此癖，他在未第时，落拓扬州，曾眷爱男仆王凤，不幸早死。

后为官范县令，县中有一吏酷肖王凤，一见黯然，移情此吏，并作七绝四首，题曰：“县中小皂隶，有似故仆王凤者，每见之黯然”。诗云：

喝道前行忽掉头，风情疑是旧从游。问渠了得三生恨，细雨空斋好说愁。

口辅依然性亦温，差他吮笔墨花痕。可怜三载浑无梦，今日舆前远近魂。

小印青田寸许长，抄书留得旧文章。纵然面上三分似，岂有胸中百卷藏？

乍见心惊意便亲，高飞远鹤来依人。楚王幽梦年年断，错把衣冠认旧臣。

近人觉堂，写板桥轶事，引前人笔记云：

板桥素有余桃癖，一日听事，见阶下有一小皂隶，执板遥立，戴红牙帽，面白衣黑，颇觉动人，遂见爱嬖。有友戏问曰：“侮人者恒受侮于人，使其行反噬之谋，倒戈而相向焉，何以御之？”郑曰：“斯受之耳，亦未必其血流漂杵也。”

不伪不饰真情流露

板桥疏旷洒脱，天性真率，张维屏《松轩随笔》云：“板桥大令有三绝，曰画、诗、书，三绝之中有三真，曰真气、曰真意、曰真趣”。

论者谓其“词”，尤胜于诗。其书于行楷中笔带隶篆之法，意之所之，随意挥洒，遒劲古拙，别具高致。画长于竹、兰、石，无所师承，学自天然。

他题画自云："凡吾画竹，无所师承，多得于纸窗粉壁，日光月影中耳。"但并非抄袭自然，尤重意在笔先，趣在法外，所谓"化机"是也。他题画竹云：

江馆清秋，晨起看竹，烟光日影露气，皆浮动于疏枝密叶之间。胸中勃勃，遂有画意。其实胸中之竹，并不是眼中之竹也。因而磨墨展纸，落笔倏作变相，手中之竹又不是胸中之竹也。总之意在笔先者，定则也；趣在法外者，化机也。独画云乎哉？

《板桥诗词钞》，为他中年后自选自梓，诗钞序虽很谦抑地说，"余诗格卑卑"，又云，"古人以文章经世，吾辈所为风月花酒而已"。且不谈他那些咏叹生民疾苦的歌行，蔼然仁者之心，慷慨激昂，不让老杜的"三吏"诸篇。即以回忆早年情爱之作，所谓风月花酒，不虚伪，不讳饰，真情流露，亦可传也。

他自幼贫困，到四十四岁方及进士第，从他一往情深的诗词去看，恋爱故事大都发生于早年，读书兴化原籍，或流寓附近乡村教书之时，而结识青楼女子，则在三十余岁先后两度卖画扬州的穷酸潦倒期间。

一生拳拳于早年那些恋爱对象，为她们所吟诗词，均录入集中，不欲舍弃，真是他的坦白可爱处。其词钞自序云："燮年三十至四十，气盛而学勤，阅前作辄欲焚去。至四十五六，便觉得前作好。至五十外，读一过，便大得意。"大约不仅觉得少作可存，那些情诗情词中的女子，唤起回忆，更使他觉得可爱。

集中有《贺新郎》一阕，题曰《赠王一姐》，王一姐是板桥少年时青梅竹马的恋人，也许是一生第一个钟情对象。二十年后重又相见，那时王一姐或已出嫁而绿叶成荫子满枝，回忆当年初恋景况，而赋此词，细腻融贴，不落俗套，词云：

竹马相过日，还记汝云鬟覆颈，胭脂点额。阿母扶携翁负背，幻作儿郎妆饰。小则小，寸心怜惜。放学归来犹未晚，向红楼存问春消息，问我索画眉笔。

廿年湖海常为客，都付与风吹梦杳，雨荒云隔。今日重逢深院里，一种温存犹昔，添多少周旋形迹。回首当年娇小态，但片言微忤容颜赤，只此意，最难得。

板桥十七岁考取秀才之前，热恋一位女子，是他表亲，可能是表妹，《踏莎行·无题》云："中表姻亲，诗文情愫，十年幼小娇相护。不须燕子引人行，画堂得到重重户。颠倒思量，朦胧劫数，藕丝不断莲心苦。分明一见怕销魂，却愁不到销魂处"。

又，《虞美人·无题》云：

盈盈十五人儿小，惯是将人恼。撩他花下去围棋，故意推他劲敌让他欺。而今春去花枝老，别馆斜阳早。还将旧态作娇痴，也要数番怜惜忆当时。

这一阕所吟，是否也是那位中表姻亲，难作断定，然而必为少年时恋人。

"嚼花心红蕊相思汁"

板桥有一首《浣溪沙》，题曰《少年》，写与一位隔邻少女的调笑，却透露了她的名字，叫小珠娘，词云：

砚上花枝折得香，枕边蝴蝶引来狂，打人红豆好收藏。数鸟声时痴卦算，借书摊处暗思量，隔墙听唤小珠娘。

一往情深的小令《柳梢青》，题曰《有赠》，云：

韵远情亲，眉梢有话，舌底生春。把酒相偎，劝还复劝，温又重温。柳条江上鲜新，有何限莺儿唤人。莺自多情，燕还多态，我只卿卿。

不能臆断对象何人，可能是青楼佳丽，而恋情热烈，是可以断言的。

有时，不相识或偶尔邂逅的女子，板桥亦寄以无限想望。偶春游寺，拾得拜佛女子所遗翠花钿，板桥有诗记之，题曰《长干女儿》。按，“长干”为金陵古里巷名，诗中有“春游偶过南朝寺”之句，则所言必指金陵。板桥于四十岁参加金陵乡试，中式举人，唯金陵乡试，例皆举行于秋季，与“春游”时间不合，诗文有句云，“寺里游人最少年”，则知非中年参加乡试之时，岂板桥于年轻时亦曾有金陵之行乎？诗曰：

长干女儿年十四，春游偶过南朝寺。鬟发织松拜佛迟，低头堕下金钗翠。寺里游人最少年，闲行拾得翠花钿。送还不识谁家物，几嗅香风立怅然。

板桥第一度到扬州卖画，年仅十九岁，赁居于卖花翁汪髯所筑的“李氏小园”，后来曾作《怀扬州旧居》一律，自注：“即李氏小园”。诗云：“楼上佳人架上书，烛光微冷月来初。偷开绣帐看云鬟，擘断牙签拂蠹鱼。谢傅青山为院落，隋家芳草入园蔬。思乡怀古兼伤暮，江雨江花尔自知。”

其后三四年，返乡结婚。复数年，遭父丧，在乡间教书，再到扬州为雍正三年（1725年），年三十三岁，这一次居扬州时间较长，卖画收入有限，经济虽仍困穷，但结交了若干画友，偶到青楼寻欢，如果从他的诗词集去搜剔，或为当时吟咏，或为后来追忆，可以发现板桥所眷恋的几个妓女或歌姬。

《调寄贺新郎》，有赠云：

旧作吴陵客，镇日向小西湖上，临流弄石。雨洗梨花风欲软，已逗蝶蜂消息。却又被春寒微勒。闻道可人家不远，转画桥西去萝门碧。时听见，高楼笛。

缘悭觌面还相失，谁知向海云深处，殷勤款惜。一夜尊前知己泪，背着短檠偷滴，又互把罗衫拉湿。相约明年春事早，嚼花心红蕊相思汁，共染得，肝肠赤。

《满庭芳》赠歌儿云：

玉笛声迟，琵琶索缓，几回欲唱还停。拈花微笑，小立绣围屏。待把金尊相劝，又推宿酒还醒。秋堂静，露华悄悄，银烛冷三更。

轻轻喉一转，未曾入破，响迸秋星。又低声小叠，暗袅柔情。试问青春几许？是莫愁，未嫁芳龄。吾惭甚，髭黄须苦，未敢说销魂。

最奇特的，他偶尔见到一位青楼女子，便向邻居探访她的身世踪迹，怜香惜玉，竟动了为她赎身脱籍的狂想，板桥此时贫困乏赀，结果自然人谋成空，徒唤奈何，不得已以《有所感》为题，写词一阕，《调寄玉女摇仙佩》，云：

绿杨深巷，人倚朱门，不是寻常模样。旋浣春衫，薄梳云鬓，韵致十分娟朗。向芳邻潜访，说自小青衣，人家厮养。又没个怜香惜媚，落在煮鹤烧琴魔障。顿惹起闲愁，代他出脱，千思万想。究竟人谋空费，天意从来，不许名花擅长。屈指千秋，青袍红粉，多以飘零肮脏。且休论已往，试看予十载醋瓶齑盎。凭寄语雪中兰蕙，春将不远，人间留得娇无恙，明珠未必终尘壤。

板桥恋一名招哥的妓女，十年后任官范县令的时候，尚念念于怀，寄钱给她，有七绝云：

十五娉婷娇可怜，怜渠尚少四三年。宦囊萧瑟音书薄，略寄招哥买粉钱。

“二十年前旧板桥”

板桥落拓扬州，先后凡十余年，每年腊尽冬残，回家度岁，过了新年，再返扬州，虽不乏风流艳事，但穷酸如故。其七歌有句云：“爨下荒凉告绝薪，门前剥啄来催债。”他的书画，在这个时期并不值钱。正像他所说：“十载扬州作画师，长将赭墨代胭脂。写来竹柏无颜色，卖与东风不合时。”

乾隆三年（1738 年）举进士，五年（1740 年）任山东范县知县，十一年（1746 年）调潍县知县，先后十二年，然后挂冠，解官再返扬州，此时已五十七岁了。他的名望地位，方使一般附庸风雅的人，争相购买他的书画，他们花钱买的是名望，借以标述自己的风雅，不是买艺术。

此时板桥刻了一方图章，曰：“二十年前旧板桥”，很有感慨和讽刺的幽默感。

他自己写了润格笔榜，张贴门上，曰：

大幅六两，中幅四两，小幅二两，书条幅对联一两，扇子斗方五钱。凡送礼物食物，总不如白银为妙，公之所送，未必弟之所好也。送现银则中心喜乐，书画皆佳，礼物既属纠缠，赊欠尤为无赖。年老神倦，不能陪诸君子作无益语言也。画竹多于买竹钱，纸高三尺价三千，任渠话旧论交谊，只当秋风过耳边。乾隆己卯（二十四年，1759 年），板桥郑燮。

小横香室主人辑《清朝野史》，录“板桥轶事”，谓附庸风雅的鄙俗市侩，有时化了银钱，也未必能买到他的书画。有一盐商为了得到他的墨迹，巧设“狗肉计”骗局，以达目的。

这故事说：

“兴化郑进士板桥善书，体兼篆隶，尤工兰竹，人争重之。性奇怪，尝食狗肉，谓其味特美。贩夫牧竖，有烹狗肉以进者，辄作小幅报之。富商大贾虽饵以千金不顾也。

“时扬州有一盐商求板桥书画不得，虽辗转购得数幅，终以无上款不光，乃思得一策。

“一日，板桥出游稍远，闻琴声甚美，循声寻之，则竹林中一大院落，颇雅洁。入门，见一人须眉甚古，危坐鼓琴，一童子烹狗肉方熟。板桥大喜，骤语老人曰：汝亦喜食狗肉乎？老人曰：百味惟此最佳，子亦知味者，请尝一脔。两人未通姓名，并坐大嚼。

“板桥见其素壁，询其何以无字画？老人曰：无佳者。此间郑板桥虽颇有名，然老夫未尝见其书画，不知其果佳否？板桥笑曰：郑板桥即我也，请为子书画可乎？

“老人曰：善。遂出纸若干，板桥一一挥毫竟。老人曰：贱字某某，可为落款。板桥曰：此某盐商之名，汝亦何为名此？老人曰：老夫取此名时，某商尚未出世也。同名何伤？清者清，浊者浊耳。板桥即聚款而别。

“次日盐商宴客，丐知交务请板桥一临。至则四壁皆悬己书画，视之，皆昨日为老人所作，始知老人乃盐商所使，而己则受老人之骗，然已无可如何也。”

清人笔记《夜雨秋灯录》，载板桥轶事一则，甚风趣，略云：

板桥晚年在扬州声名日隆，时江西张真人晋京入觐南还，道经扬州，商人交相结交。一商欲得板桥书联献真人。使人婉求板桥书，并撰句，问价，板桥索银一千两，来者允五百，板桥欣然奋笔疾书，成上联云：“龙虎山中真宰相。”求书下联，板桥笑曰：“言明一千金，只给五百，我亦只能书此一半。”其人急往告商人，不得已，如数付之，即书次联云：“麒麟阁上活神仙。”

龚定盦丁香花疑案

“温柔不住住何乡”

仁和龚自珍，字定盦，生于乾隆五十七年（1792 年），卒于道光二十一年（1841 年），诗文为清代中叶一大家。所作散文，纵横百家，出入三乘，立意命辞，自出机杼，论者称其“行云流水，来去无踪，惊才绝艳，旷代一人”。

所作诗，至性弥漫，真情悱恻；所作词，才华艳发，吐纳风流。然他的学问是多方面的，小学、经、史、地理、金石无所不窥，均有建树，为其文学天才所掩，他自己也不欲以文学名世，尝曰：“纵使文章惊海内，纸上苍生而已”。词有句云：“雕龙文卷，岂是平生意?”有一时期，意欲戒诗不作，然结习难除，终仍破戒。

定盦抱瑰奇玮丽之才，有揽辔澄清之志，但在仕途并不得意，二十七岁中举后，会试屡不第，到三十八岁，中式殿试三甲第十九名，赐同进士出身，旋擢宗人府主事。冷署闲曹，潦倒卑官，于四十七岁出京，五十岁（实足年龄只有四十九岁）就丹阳书院讲席，是年暴卒于丹阳。出京时尝有诗云：“少年揽辔澄清意，倦矣应恋缩手时。今日不挥闲涕泪，渡江只怨别蛾眉。”

定盦簪缨世家，父祖俱为贵官，年轻时颇得家庭荫蔽之福，仗义疏财，他说："结客五陵年少，脱手黄金一笑"。诗人必富感情，他说："我生受之天，哀乐恒过人。"个性接近狂放，《清史稿·文苑传》说他，"才气横越，举动不依恒格，时近俶诡"。一生落拓，失意牢骚，不免寄情于醇酒妇人，所谓"设想英雄垂暮日，温柔不住住何乡"？

旖旎情深托之梦幻

法国作家辜尔蒙（Romy do Gourmont，1858－1915 年）云："无恋爱，即无艺术，若无艺术，恋爱亦仅生理的冲动。"定盦诗词中写男女爱情，藻思绮合，清丽绵密，情由衷发，真不愧恋爱与艺术打成一片。所存古今体诗，《己亥杂诗》以及《无著词》、《怀人馆词》、《小奢摩词》等，可以发现不少艳情之作，吐属瑰丽，语语真挚，推想其一生艳遭必多，爱情对象且不限于青楼花月。只是情辞惝恍，可据以考其恋爱事迹者甚少。

诗人多幻想，定盦情诗，尤喜托之于梦，很难辨别是真梦，抑假梦，还是故意隐蔽真情实事，托之梦幻而言？《梦中作》绝句云："不是斯文掷笔骄，牵连姓氏本寥寥。夕阳忽下中原去，笑咏风花殿六朝。"

《梦中述愿》云："湖西一曲坠明珰，猎猎纱裾荷叶香。花貌风鬟陪我坐，他生来作水仙王。"

《纪梦》云："昙誓天人度有情，上元旌节过双成。西池酒罢龙娇语，东海潮来月怒明。梵史竣编增楮寿，花神宣敕赦词精。不知半夜归环佩，问是崆峒第几声。"

他的词，旖旎情深，也有托之梦幻的。《浪淘沙》写梦云："好梦最难留，吹过仙洲，寻思依样到心头。去也无踪寻也惯，一桁红楼。中有话绸缪，灯火帘钩，是仙是梦是温柔。独自凄凉还自遣，自制离愁。”

也有不言梦，直写钟情际遇的。《鹊桥仙》云：“昨朝相见，浑如不见，鹦鹉催妆无力。香消茶熟等多时，才镜槛回廊一瞥。今朝不见，胜如重见，庭院暮寒时节。城闉灯火促归舟，露帘里惨红裙褶。”

此阕自注：“秦淮有访。”则其对象可知为青楼丽人。

《暗香》云：“一帆冷雨，有吴宫秋柳，留客小住。笛里逢人，仙样风神画中语。我是瑶华公子，从未识露花风絮，但深情一往如潮，愁绝不能赋。花雾，障眉妩。更明烛画桥，催打官鼓。琐窗朱户，一夜乌篷梦飞去。何日量珠愿了，月底共商量箫谱。持半臂，亲来也，忍寒对汝。”

自注：“姑苏小泊作也。红烛寻春，乌篷梦雨，一时情事，是相见之始矣。”对象亦是风尘女郎。

定盦《无著词》，有其子孝珙手抄稿《梦行云》一阕，云：

> 晓帏殢春冷，重帘下，花未醒，休番翠被，恐游仙正稳。一枝艳艳文窗外，丁香寒弄景。唾花襟上，啼红枕上，悲欢事，留浅印，娇柔无语，倩人探心性，十分打叠情怀起，怕花愁月病。

这里“丁香寒弄景”，定盦是不是故意要用丁香两字，这种花与他的恋情有没有特殊关系，正是下文要谈说的主题。

不过，《无著词》定盦选录于道光二年壬午（1822 年）春，时年三十一岁，则所作必尚在此年以前。且据通行版本，此句作“梨花凉弄影”，并无丁香字样，或与他早年的恋情有关，而与丁香疑案无涉。丁香疑案，究竟是什么一回事，请细细说来。

忆太平湖丁香花

前面说过，定盦于五十岁时（1841 年）暴卒丹阳，据传说，暴卒是遭仇家所毒毙的。传说又谓定盦在京与皇族贝勒奕绘的侧福晋（如夫人）顾太清有暧昧私情，其夫发觉而仇之，“将不利焉”。道光十九年（1839 年）四月，定盦未携家眷出京，“狼狈南下”，为了避仇。但隔了两年，仇家遣人觅机下毒。按，定盦于是年八月中旬有扬州之行，尚有诗文，其卒当在八月中旬之后，且无疾病之记载，故曰暴卒。

定盦与太清的恋爱，大约在清季早有传说，冒鹤亭于宣统元年（1909 年）校刻《顾太清集》，昌言此案，乃传布愈广。前辈曾孟朴著《孽海花》也采作资料，附和此说者甚众，传为士林话柄。但孟心史于民初所作的《心史丛刊》，有文力辟此事为无稽。

在谈此案正反两面意见之前，请先从奕绘夫妇的渊源说起。

奕绘字太素，是乾隆帝第五子荣纯亲王之孙，荣恪郡王绵亿之子，嘉庆中袭父爵，封贝勒，累官正白旗汉军副都统，笃好风雅，有《明善堂集》。三十余岁即罢官，居于京师太平湖畔太平街，享悠闲之福。其侧福晋顾太清，名春，字子春，号太清，常举其族望，曰西林，自署西林太清春。太清是鄂尔泰的曾孙女，鄂为满洲镶蓝旗人，姓西林觉罗，太清举其西林族望，渊源在此。但她幼年，由她的姑母抚育，姑母嫁于顾，故又姓顾，顾执事于荣王府，因此太清被选为奕绘贝勒的侧福晋。

太清有文学天才和素养，与其夫奕绘均工吟咏，又擅绘画。况周颐推崇她所作词，谓较纳兰容若又有过之。奕绘《明善堂集》，分诗词两部，诗曰

《流水编》，词曰《南谷樵唱》。太清诗集，曰《天游阁集》，词为《东海樵歌》。太素与太清，俨然以“太”字排行，“南谷”、“东海”又若相对，可见夫妇唱随之乐，情爱必深。

太素和太清，同生于嘉庆四年（1799年），定盦比太素夫妇大七岁。

疑定盦与太清有暧昧之情的关键，在于他《已亥杂诗》之“空山徒倚倦游身，梦见城西阆苑春。一骑传笺朱邸晚，临风递与缟衣人”。自注云：“忆宣武门内太平湖之丁香花。”已亥为道光十九年（1839年），定盦出京之年，传说此系私赠太清之诗。

太清《天游阁集》中也有一诗曰：“太平湖畔太平街，南谷春深葬夜来。人是倾城姓倾国，丁香花发一低徊。”

说者遂附会两人以“丁香花”为俞情密爱的象征与暗号。

定盦《已亥杂诗》又一首自注云：“遣一仆入都迎眷属，自驻任邱县待之。”再一首自注云：“儿子书来，乞稍稍北，乃进次于雄县，又请，乃又进次于固安县。”说者谓畏惮仇家暗算，迟回犹豫，迎眷而始终不敢迳入都门。

定盦有《桂殿秋》小令一阕，序略云：“夜梦至一区，云廊木秀，水殿荷香，风烟郁深，金碧嵯丽。……人告予，此光明殿也，醒而忆之，为赋两解”。词云：“明月外，净红尘，蓬莱幽窅四无邻。九霄一脉银河水，流过红墙不见人。惊觉后，月华浓，天风已度五更钟，此生欲问光明殿，知隔朱扃几万重。”

说者谓此系定盦怀想与太清幽会，托诸梦而写。于是《孽海花》第四回目，把“光明殿”改成“光明馆”，云“光明开夜馆，福晋呈身”。

然此阕《桂殿秋》，定盦于三十一岁自己选入《无著词》中，则所作必在三十一岁之前，到已亥出都，已四十八岁，与太清苟有私情，如何几历二十年始为太素发觉？

情节诡奇如聊斋故事

《孽海花》为小说家言，论者推崇其“文笔周密，所写人物皆有实事可指”。然小说每摭拾流言，加油加酱，与考史不同，不足据为故实。

《孽海花》借定盦之子孝珙所述，说其父为太清所爱，“示意他到东便门外茶馆里，喝了一杯茶，就感到一阵头晕，砰的一声倒了，坐了像传说的神秘黑车，到了一个神秘地方，和一个娇小玲珑的妙人儿，尽情缱绻，心魂入化”。

“以后游厂甸又遇见了太清，倾吐了衷情，约定六月初九夜里，趁明善出差，在邸第花园里的光明馆相会。从此月下花前，时相来往。”

“忽一天，有个老仆送给他密缝小布包，内有一笺，写着：我曹事已泄，妾将被禁，君速南行，迟则祸及。”

最后说到定盦在丹阳县衙中，遇一宗人府旧同僚，和他赌博，给他酒喝，回寓后想起酒味不对，知道中了毒，临死把此事详细告诉了孝珙。

结构巧妙，情节诡奇，不让《聊斋志异》写严东楼的“天宫”故事。文学作品可以捕风捉影，道听途说，增加浪漫气氛，作为茶余酒后的谈助则可，但绝不是史学考据资料。

主张丁香花公案确有其事者，以为前引《定盦杂诗》及注，明指“朱邸”与“太平湖”，丁香自是贝勒府之花。且曲为其说，太清以丁香折赠定盦之妻吉云夫人，花为异种，故定盦忆之。定盦官阶甚小，其妻较朱邸贵妇，地位低微，故称“缟衣人”。太清《天游阁集》，多有诗词与当时朝士投赠题咏，眷属亦多往还，故言太清以此花投赠，并引定盦所作《洞仙歌》为旁证。

此词定盦自记云：“青阳尚书有女公子与内子友善，贻内子潼兰一盆，密叶怒花。俄女公子仙去，兰亦死，弃盆灶间三年矣。今年夏，灶人来告兰复生，数之，得十有四箭，徙迁书斋，赋此纪异，则乙未六月十九日也。”词云：

香车枉顾，记临风一面，赠与琅玕簇如箭。奈西风信早，北地寒多，埋没了，弹指芳华如电。琴边空想象，陈迹难寻，谁料焦桐有人荐。甘受灶丁怜，紫玉无烟，惭愧煞，主人相见。只未必，香魂夜归来，诉月下重逢，三生清怨。

赏花忆人，一往情深，无奈青阳女公子不是太清，所赠为潼兰亦非丁香，且花主已殁，与太清更是牛头不对马嘴。

寻仇毒毙为不可能

避仇与毒毙之说，若按年月推求，更非事理之可通。太清之夫奕绘贝勒死于道光十八年戊戌（1838 年）七夕，时太清年已四十，即己亥（1839 年）定盦出京南下之前一年，贝勒已死，于是寻仇毒毙之说，不能成立。

太素嫡室先逝，生子载钧，太素殁后袭固山贝子，与太清极不相能，太清乃于戊戌（1838 年）十月以姑命迁出太平湖，卖金钗买宅于外，定盦己亥年吟诗犹忆太平湖，则可证明定盦于太清寡居后绝无来往，以常情度之，如在太素生前，两人曾有私情，则寡居后，如何反能断其情爱？昔日妇女年四十已自认为老，如说定盦与太清，于贝勒死后方开始恋情，则可能性亦少。

太清和她丈夫爱情甚笃，前已约略言之，受载钧的压迫，情绪极苦痛。

有一诗题曰：“自先夫子薨逝后，意不为诗。冬窗检点遗稿，卷中诗多唱和，触目感怀，结习难忘，遂赋数字，非敢有所怨，聊记予生之不幸也，兼示钊、初二儿。”钊、初为太清所生。

可征其与太素情爱之深，夫死后无限的伤感怀念。

尤有进者，定盦于己亥出都，并不狼狈，友朋赠诗甚多，辞别同年同僚，自己也有诗以纪，行色从容，没有狼狈避仇之态。

近人王寿南作龚先生年谱，引汤鹏《赠朱丹木诗》，自注云：“往时丹木入都，值定盦舍人忤其长官，赋《归去来》，今舍人已下世矣”。也许指出了定盦辞官出都的真正原因。

文人好奇轻附流言

定盦《怀人馆词》，有“瑶台第一层”一阕，写一满洲女子与某王孙恋爱故事，附有自序，哀感顽艳，情词并茂，为定盦最佳作品之一。近世发现新的稿本，与通行所刊之本，词文略有出入，而所谓序文者，亦更详赡可诵，如唐人小说，因篇幅较多，不引全文。

略谓：镶黄旗某王孙，与中表正黄旗某贵家女，平日往还极亲密，但议婚不遂，女抑郁而死，王孙随亦绝粒，成为千古怨史。定盦词云：

> 无分同生偏共死，天长恨较长。蓬莱尘世，前缘后会，两路茫茫。偶然逢小谪，感夙定，偏遇仙郎。今生世，便居然愿作长命鸳鸯。情伤，玉京回首，骖鸾一去渺何方？人间无奈，玉钗冷落，金钏凄凉，赖芳魂入梦，梦里说，别有仙乡。竟携将，向琼楼翠宇，万古成双。

此阕选入《怀人馆词》，刊于道光三年癸未（1822 年），必为少作，或定盦少时有一段失败的恋史，故弄狡狯，托某王孙而成篇，然女已先逝，王孙亦绝粒，当与太清绝无瓜葛。

总之，丁香疑案，虽有传说，而非事实。诚如孟心史批评持此说者谓：“文人好奇，不暇深考，遽尔轻附流言。”